【詩詞中的旅遊】系列

李金早 主編

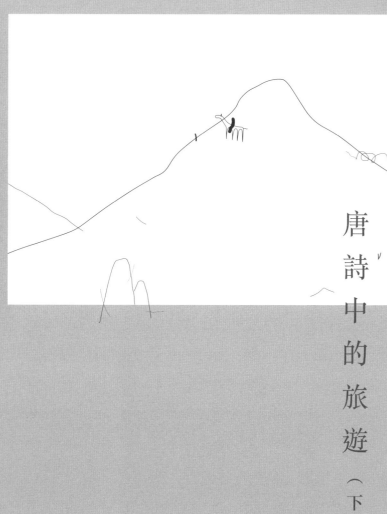

唐詩中的旅遊（下）

中華教育

第 六 章

白
狼
河
北
音
書
斷

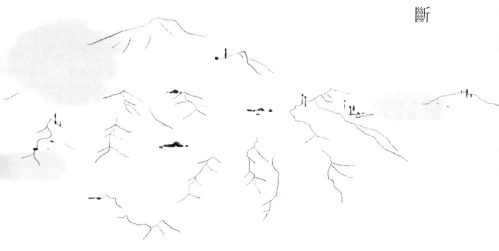

白山黑水的北國山川，曾是我國眾多少數民族的聚集地。廣袤的草原、森林，孕育了他們粗獷豪邁的性格。國力的強盛，使唐朝與這些少數民族之間的政治、經濟和文化交流越來越頻繁。在唐代詩人眼中，這裏不僅有着冰封萬里的北國風光、熱情豪爽的民風民俗，也有着各民族間兄弟般的深厚友情和保家衛國的愛國情懷。詩人們高歌理想、暢談友誼，為後人留下了一段段豐厚的歷史文化記憶。

過五原胡兒飲馬泉

綠楊着水草如煙 ❶，舊是胡兒飲馬泉 ❷。

幾處吹笳明月夜 ❸，何人倚劍白雲天 ❺。

從來凍合關山路 ❹，今日分流漢使前 ❻。

莫遣行人照容鬢 ❼，恐驚憔悴入新年。

李

益

❶ 着水：拂水，形容垂楊絲長，可以拂到水面。

❷ 飲馬泉：在豐州城北。據說唐代豐州有九十九泉，在西受降城北三百里的飲馬泉號稱最大。

❸ 笳（jiā）：即胡笳。

❹ 凍合：冰封。

❺ 分流：春天泉流解凍，綠水分流。

❻ 漢使：指詩人自己。

❼ 莫遣：莫使。

　　唐代，五原是唐和吐蕃反覆爭奪的邊緣地區，且離詩人的家鄉隴西很近。李益曾經作為幽州節度使劉濟的幕府在邊塞生活十餘年，貞元初年，詩人以幕僚身份跟隨尚書杜希全在五原一帶活動，重到這塊被收復的失地後，國難、鄉愁以及對個人前途、命運等感慨思慮都一齊湧向心頭。在這種百感交集的複雜情緒的支配下，他寫下了這首詩。詩歌通過對飲馬泉春色的描寫，慨歎美好的五原幾經淪陷，邊塞無長劍倚天的英雄來鎮守，並抒發了詩人容顏漸老而壯志難酬的情懷。

　　這首詩是李益的代表作之一，與盛唐邊塞詩激越高昂的情緒不同，詩中憂傷重於歡欣，失望多於希望，正是中唐時期人們思想的體現。明人胡震亨概括李益邊塞詩的基本情調是「悲壯婉轉」，能「令人淒斷」，這首詩正可作為代表。

五原縣 是中國內蒙古自治區巴彥淖爾市下轄的一個縣，位於內蒙古自治區西部，河套平原腹地。秦時五原屬九原郡，歷史文化源遠流長，人傑地靈，英才輩出。史載三國名將呂布就是五原人。近代，馮玉祥「五原誓師」，響應北伐。傅作義「五原抗戰」，阻擊日寇，更使古郡五原名揚華夏，聲震四海。主要旅遊景點有天籟湖、塔爾湖、金色黃河灣等。

河套文化旅遊區 位於內蒙古自治區巴彥淖爾市臨河區南端，河套平原腹地。以巴彥淖爾為中心的黃河大後套流域是黃河流域的重要組成部分，河套灌區總幹渠被稱為「二黃河」，黃河河套文化旅遊區位於「二黃河」之上，地處黃河「幾」字彎頂端，是巴彥淖爾市最大的開放性濕地旅遊區。景區以「總幹渠」為軸心，按照「三帶五區」的總體佈局，「三帶」即黃河生態景觀帶、總幹渠觀光休閑帶、永濟渠生態景觀帶；「五區」即河套文化觀光區、河套文化體驗區、河套文化度假區、河套文化養生區、河套濕地運動區。景區包括濕地公園、黃河水利文化博物館、黃河觀凌塔、酒莊老鎮、富強村等主要景點，留存着秦漢時期的水利文化遺存和清代以來水利工程遺跡，水利和農耕文化底蘊極為深厚，景區全方位、多角度地展示了幾千年來黃河文化、草原文化、農耕文化和移民文化在河套地區聚集、融合、傳承、積澱的歷程，充分展現了河套文化兼容並蓄的獨特魅力。

使至塞上

單車欲問邊，屬國過居延①。
征蓬出漢塞②，歸雁入胡天。
大漠孤煙直③，長河落日圓④。
蕭關逢候騎，都護在燕然。

王

維

❶ 屬國：即典屬國的簡稱，漢代稱負責外交事務的官員為典屬國，
唐人有時以「屬國」代稱出使邊陲的使臣，這裏詩人用來指自己
使者的身份。

❷ 征蓬：隨風遠飛的枯蓬，此處為詩人自喻。

❸ 長河：一般認為是指黃河，也有說指流經涼州（今甘肅武威）以
北沙漠的一條內陸河，這條河在唐代叫馬成河，疑即今石羊河。

❹ 燕然：古山名，即今蒙古國杭愛山。這裏代指前線。

背景

　　王維所處的年代，各種民族衝突加劇，唐王朝不斷受到來自西
面吐蕃和北方突厥的侵擾。開元二十五年（公元 737 年），河西節
度副大使崔希逸戰勝吐蕃，唐玄宗命王維以監察御史的身份出塞宣
慰，察訪軍情，沿途他寫下了《使至塞上》《出塞》等邊塞名篇。

　　詩中「大漠孤煙直，長河落日圓」一聯被王國維稱為「千古壯
觀」的名句。曹雪芹在《紅樓夢》中借香菱之口評價此詩：「詩的好
處，有口裏說不出來的意思，想去卻是逼真的；又似乎無理的，想
去竟是有理有情的。」

旅遊看點

居延　中國漢唐以來西北地區的軍事重鎮。故址在今內蒙古自治區額濟納旗東南約 17 公里處，是一個歷史悠久、文化底蘊厚重的多民族聚居區。早在三千年以前，居延地區就是一個水草豐美、牛羊遍地的遊牧民族的「天堂」。居延海留下了大量神話傳說。居延自古就以交通要道著稱，張騫幾次出使西域，出陽關、入居延，成就了草原絲綢之路。戈壁綠洲、瀚海沙漠、古郡重鎮、關市口岸、居延漢簡、黑城文書……這一切構成了額濟納地區豐富多彩、威武雄壯的歷史畫卷，獨特的歷史文化和地理風貌引人注目，成為旅遊探秘者的朝聖之地。悠久的歷史，燦爛的文化，曾使居延遺址如同古絲綢路上的羅布泊和樓蘭古國一樣聞名遐邇。現有景點有居延遺址、黑水城遺址、居延海、塔王府等。

大漠　「大漠孤煙直，長河落日圓」是唐代大詩人王維寫下的千古流傳的名句。這首詩中寫的景觀在哪裏？寧夏學者蘇忠深在《燕然山與燕然州》一文中談到，王維此詩中提到的燕然州，就是唐開元元年寄治在回樂縣的羈縻州，這個州的位置應在今寧夏中寧縣（歷史上曾是中衛縣的一部分）。唐代由蕭關經騰格里沙漠進入河西走廊是一條比較安全的近道，這條道路的渡河地點在寧夏中寧。由此推知，同時可看到「大漠孤煙」和「長河落日」兩種景色的地方，就在寧夏的中寧、中衛一帶。如今在這一帶的國家首批 5A 級旅遊景區沙坡頭仍可找到詩中的意境，沙坡頭旅遊區位於寧夏中衛市城區以西 20 公里騰格里沙漠東南邊緣處。這裏集大漠、黃河、高山、綠洲為一處，既具西北風光之雄奇，又兼江南景色之秀美。自然景觀獨特，人文景觀豐厚，被旅遊界專家譽為世界壟斷性旅遊資源。

燕然　今蒙古國杭愛山。漢代起杭愛山在中國稱為燕然山，位於蒙古高原的西北，離雁門關 1800 公里左右。杭愛山山脈是蒙古北冰洋流域和內河流域的分水嶺。蒙古主要河流色楞格河發源於此，向北流入俄羅斯貝加爾湖。主峯鄂特岡騰格里峯海拔 4031 米。杭愛山以北，中國人稱為「極北」，基本上被視為蠻荒地帶。唐代文學作品中常見的「天山」也指此處。「燕然勒功」這一成語的出處就在這裏。東漢永元元年（公元 89 年）夏六月開始，竇憲、耿秉率軍與南匈奴軍隊在涿邪山的匈奴人會合（今蒙古國滿達勒戈壁附近），與北單于戰於稽落山（今蒙古國額布根山），北單于大敗逃走，漢軍追擊，俘殺一萬三千餘人，北匈奴先後有二十餘萬人歸附。竇憲、耿秉登燕然山（今蒙古國杭愛山），由班固撰寫《封燕然山銘》文，刻石紀功而還。後來人們用「燕然勒功」指把記功文字刻在石上。

征 人 怨

歲歲金河復玉關，①
朝朝馬策與刀環。②
三春白雪歸青塚，④③
萬里黃河繞黑山。⑤

柳中庸

注
釋

❶ 河：即黑河，在今呼和浩特市城南。

❷ 玉關：即甘肅玉門關。

❸ 馬策：馬鞭。

❹ 刀環：刀柄上的銅環，用以喻征戰之事。

❺ 黑山：殺虎山，在今內蒙古呼和浩特市東南。

背
景

柳中庸（？～公元 775 年？），名淡，中庸是其字，河東（今山西永濟）人，為柳宗元族人，中唐邊塞詩人。他為大曆年間進士，與弟中行並有文名。與「大曆十才子」盧綸、李端為詩友。唐代名士蕭穎士將女兒嫁給了他。其詩以寫邊塞征怨為主，然而意氣消沉，無復盛唐氣象。

《全唐詩》中柳中庸存詩僅 13 首。《征人怨》是其流傳最廣的一首。此詩約作於唐代宗大曆年間（公元 766～779 年），當時吐蕃、回鶻多次侵擾唐朝邊境，唐朝西北邊境不甚安定，守邊戰士長期不得歸家。詩中寫到的金河、青塚、黑山，都在今內蒙古自治區境內，唐時屬單于都護府。由此可以推斷，這首詩是為表現一個隸屬於單于都護府的征人的怨情而作。

旅遊看點

青塚 位於呼和浩特南郊 9 公里處的大黑河畔。青塚即昭君墓，蒙古語稱特木爾烏爾琥，意為「鐵壘」，始建於公元前的西漢時期，距今已有 2000 餘年的悠久歷史。昭君墓是中國最大的漢墓之一，據民間傳說，每到深秋時節，四野草木枯黃的時候，唯有昭君墓嫩黃黛綠，草青如茵。因此歷代詩人常常用「誰家青塚年年青」「到今塚上青草多」「宿草青青沒斷碑」之類的詩句寓意。據說「呼和浩特」的蒙語直譯為「青城」，就是因青塚而得名的，而「青塚擁黛」也成為呼市八景之一。墓體周圍景色宜人，加上晨曦與晚霞的映照，墓景時有變化，傳說一日有三變，「晨如峯，午如鐘，夕如樅」。登上墓頂，可看到連綿不斷的陰山山脈橫貫東西，可欣賞到呼和浩特市全景。昭君墓參觀內容有青泉牌坊、石雕嬙雲、和親銅像、董必武詩碑、昭君出塞陳列、昭君詩碑廊等。

單于都護府 是唐朝建立的六個重要的都護府之一，是管理北方邊疆東突厥故地的重要機構，所轄地區基本上位於今內蒙古自治區境內。公元 916 年，契丹佔領雲中故城，都護府廢除。清代建綏遠城，綏遠城將軍衙署曾有七十八位將軍在此任職，是管轄綏遠城駐防八旗、歸化城土默特旗，烏蘭察布盟、伊克昭盟和節制宣化和大同綠旗兵事務的機構。衙署經多次修繕，面目全非，近年開始修整，盡可能按原有形制復原，接待遊人觀光。

感遇三十八首（其三十七）

朝入雲中郡，北望單于台①。

胡秦何密邇，沙朔氣雄哉②。

藉藉天驕子，猖狂已復來③。

塞垣無名將，亭堠空崔嵬④。

咄嗟吾何歎，邊人塗草萊⑤⑥。

陳子昂

注釋

1. 胡秦：指外寇。
2. 沙朔：北方沙漠之地，指塞北。
3. 塞垣（yuān）：本指漢代為抵禦鮮卑所設的邊塞。後亦指長城，邊關的城牆。
4. 亭堠（hòu）：古代邊境上用以瞭望和監視敵情的崗亭、土堡。
5. 咄嗟（duō jiē）：歎息。
6. 草萊（lái）：雜生的草，指荒蕪之地。

背景

　　陳子昂的《感遇詩》共三十八首，詩歌或諷刺現實、感慨時事，或感懷身世、抒發理想。各篇所詠之事各異，創作時間也各不相同，應當是詩人在不斷探索中有所體會遂加以記錄，積累而成的系列作品。它們繼承了阮籍詠懷詩的餘脈，反映了作者的政治理想和對自然社會規律的認識，抨擊了武周王朝的腐敗統治，同情廣大勞動人民的苦難，抒發自己身逢亂世、憂讒畏譏的恐懼不安和壯志難酬、理想破滅的憤懣憂傷。

　　陳子昂在武則天垂拱二年（公元 686 年）和萬歲通天元年（公元 696 年）曾兩次從軍北征。他積極反對外族統治者製造的分裂戰爭，多次直言進諫，不但未被採納，還被斥降職，一度遭到當權者的排擠和打擊，壯志難酬的陳子昂三十八歲辭職還鄉，後被奸人陷害，冤死獄中，年僅四十一歲。此詩大約作於垂拱二年（公元 686 年），陳子昂隨喬知之北征時。

雲中郡　在今天內蒙古托克托縣境內。托克托縣隸屬於內蒙古自治區首府呼和浩特市，位於自治區中部、大青山南麓、黃河上中游分界處北岸的土默川平原上。縣境位居北方邊陲要衝，歷來為兵家爭戰之地。秦代設雲中郡，為全國三十六郡之一。唐太宗貞觀年間，雲中城先後設雲中都護府、單于大都護府，境內置金河縣。在托克托縣境內，除雲中古城以外，還先後修築過黑水泉古城、陽壽故城、沙陵故城、楨陵故城、蒲灘拐古城、東勝州古城、雲內州故城、城池村古城、雙牆村古城、東勝衛故城、鎮虜衛故城等 13 座古城，此地成為內蒙古古城遺址最多、保存最完好的地區之一。

呼和浩特　意為「青色的城市」，即青城，也被稱為「呼市」。因召廟（蒙古族藏佛教的寺廟）雲集，又稱「召城」。它位於內蒙古自治區中部的土默川，是內蒙古自治區首府，也是全區的政治、經濟和文化中心，是祖國北疆的歷史文化名城。呼和浩特有着悠久的歷史和光輝燦爛的文化，先秦時期趙武靈王在此設雲中郡，民國時期為綏遠省省會，1954 年改名為呼和浩特。呼和浩特市具有鮮明的民族特點和眾多名勝古蹟，擁有為數眾多的博物館與文化遺跡，是北上草原、西行大漠、南觀黃河、東眺京津的重要旅遊集散中心之一。旅遊景點有戰國趙、秦漢、明朝的古長城；有北魏盛樂古城遺址；有見證胡漢和親、被譽為民族團結象徵的昭君博物院；有黃教寺廟大召；有清朝管轄漠南、漠北等地的將軍衙署；有現存中國和世界唯一的蒙古文標註的天文石刻圖的金剛座舍利寶塔；有遼代萬部華嚴經塔（白塔）；有清康熙帝六女兒和碩恪靖公主府；有號稱「召城瑰寶」的席力圖召。境內還有哈達門高原牧場、神泉生態旅遊風景區、「塞外西湖」哈素海等景點。

送渤海王子歸本國

疆理雖重海，車書本一家。

盛勳歸舊國，佳句在中華。

定界分秋漲，開帆到曙霞。

九門風月好，回首是天涯。

溫庭筠

❶ 疆理：疆域。

❷ 車書：秦始皇統一全國，「書同文，車同軌」，後代史家多以「車書一家」表示統一。

❸ 秋漲：泛指因秋雨而高漲的江河。在此處泛指降水具有顯著季節變化特徵的地域。

❹ 曙霞：朝霞曙光。指渤海國在東方，太陽升起的地方。

❺ 九門：指禁城中的九種門，借指宮禁、天子。這裏九門指長安，九門風月指在長安的美好生活。

背景

　　温庭筠（約公元 812～約 870 年），字飛卿，太原祁（今山西祁縣）人。晚唐詩人、詞人。出生於沒落貴族家庭，富有天才，文思敏捷，每入試，押官韻，八叉手而成八韻（雙手交叉八次一首詩歌就完成），有「温八叉」之稱。温庭筠多次考進士均落榜，一生恨不得志，行為放浪。恃才不羈，又好譏諷權貴，多犯忌諱，被當時的權貴們所憎，故長被貶抑，終生不得志。其詩辭藻華麗，濃豔精致，內容多寫閨情，少數作品對時政有所反映。其精通音律、詩歌工整，與李商隱齊名，時稱「温李」。

　　渤海王國作為一個受唐帝國冊封的地方政權，曾建都於敖東城（今吉林敦化東南）。渤海國與唐朝關係十分密切。渤海國先後派使臣朝唐有 132 次之多，唐朝也十多次派人赴渤海，雙方貿易往來十分頻繁。最為突出的是，渤海國銳意學習中原文化。多次派遣文人到長安太學學習古今制度，並抄回《漢書》《三國志》《晉書》《三十六國春秋》《唐禮》等歷史、政治文獻；渤海王子和貴族子弟也紛紛至中原學習，有的經過科舉考試，留在唐朝做官。在渤海與唐朝的密切交往中，唐人對渤海人的感情不斷加深。此詩描寫的就是渤海王子學成歸國時，作者與之依依惜別之情。

旅遊看點

渤海　即渤海國，其範圍相當於今中國東北地區、朝鮮半島東北及俄羅斯遠東地區的一部分。據文獻記載，渤海國是盛唐之時以靺鞨族為主建立的封建地方政權。它的歷史可追溯到 1300 餘年前。公元 713 年，唐玄宗冊封其首領大祚榮為左驍衞大將軍、渤海郡王、忽汗州都督稱號，從此專稱「渤海」，與唐朝為臣屬關係。公元 755 年，渤海國遷至渤海鎮，建成首府「上京龍泉府」。762 年，唐朝詔令將渤海升格為國。全盛時轄境有五京、十五府、六十二州，其文化深受唐朝文化的影響，享有「海東盛國」的美譽。渤海國公元 926 年為契丹所滅。為鎮壓渤海人民的反抗，使其忘卻故土，契丹曾把龍泉府及寺廟等古都著名建築付之一炬。故國遺址現可見的有上京龍泉府遺址、故井址、禁苑址、街壇址、寺廟址、古墓址、古橋址和興隆寺。上京龍泉府遺址坐落在距鏡泊湖不足 20 公里的寧安市渤海鎮，已列為全國重點文物保護單位。主要遺物有石燈幢、大石佛、舍利函、大石龜、文字瓦等。

渤海國上京龍泉府遺址　位於黑龍江省寧安市境內，鏡泊湖東北牡丹江畔，遺址由外城、內城、宮城組成，以唐朝長安城為模式規劃設計。城門四面共辟有 10 座城門，城內街道共發現 9 條，南北向 5 條，東西向 4 條，以縱向全城的「朱雀大街」最為典型，它將全城分為東、西兩部分。在渤海都城內外還發掘出佛寺遺址若干處，其規模都較大，且數量較多，反映了當時渤海國佛教盛行的景況。內城在外城的北部正中，宮城位於內城的中央，宮殿區在宮城的中央，現存有五處宮殿基址。宮城東側為禁苑遺址，其南部還有一個面積近 2 萬平方米的池塘。北面為宮城，南面為外郭城。宮城為長方形，四面宮牆均為石砌，各有一門。宮城前部為官衙，後部為王宮。宮城內部被南北向牆分隔為東、中、西三區，各區內部又以縱

横牆垣分成若干部分或院落。城垣和宮城內主體建築遺址保存基本完整，有「海東盛國」的美譽，是研究渤海歷史和唐代城市史、建築史的重要實物資料。

塞 下 曲

寒柳接胡桑，軍門向大荒。

幕營隨月魄，兵氣長星芒❶

橫吹催春酒，重裘隔夜霜。

冰開不防虜，青草滿遼陽。❷

司空曙

❶ 裘：厚毛皮衣。
❷ 遼陽：古遼東郡治所。

背景

　　司空曙，生卒年代不詳，約唐代宗大曆初前後在世。廣平（今河北廣平）人。中唐詩人，大曆年間進士，「大曆十才子」之一，永泰二年（公元 766 年）至大曆二年（公元 767 年）曾為左拾遺，磊落有奇才，在長安常與盧綸、獨孤及和錢起等人吟詠相和，為盧綸表兄，與李約為至交。其詩多為行旅贈別之作，長於抒情，多有名句。

　　塞下曲，唐代樂府名。出於漢樂府《出塞》《入塞》，屬橫吹曲辭。為唐代新樂府題，歌辭多寫邊塞軍旅生活。唐自開國以來，大拓疆土，統治者也非常重視武功。在這種情況下，許多文人如高適、李白、王昌齡、岑參、李益等人都有過從軍或出使邊塞的經歷，希望創立軍功而求取功名，因此，這些詩人創作了大量的《塞下曲》。

旅遊看點

大荒 為現在長白山區，長白山古稱不咸山。據《山海經》記載，「大荒之中，有山名不咸，有肅慎氏之國」，因其「似鹽之略白，但沒有鹽的咸」，因而叫作不咸山。長白山脈是鴨綠江、松花江和圖們江的發源地，是中國滿族的發祥地和滿族文化聖山。長白山系的最高峯是朝鮮境內的將軍峯，海拔 2749 米。中國境內最高峯白雲峯，海拔 2691 米，是中國東北的最高峯。長白山植被垂直景觀及火山地貌景觀是首批進入中國國家自然遺產、國家自然與文化雙遺產預備名錄的國家自然遺產地。著名的長白山天池位於長白山主峯火山錐體的頂部，榮獲海拔最高的火山湖吉尼斯世界之最。長白山是歐亞大陸北半部最具有代表性的典型自然綜合體，是世界少有的「物種基因庫」和「天然博物館」。長白山的密林深處盛產人參、北五味子等藥材，野生動物有瀕臨滅絕的東北虎及馬鹿、紫貂、水獺、黑熊等。

遼陽 古稱襄平、遼東城，在今遼寧省境內大遼河以東，是遼中南地區的中心城市之一。遼陽是東北地區最早的城市，是一座有着 2400 多年歷史的文化古城。從公元前 3 世紀到 17 世紀前期，一直是中國東北地區的政治、經濟、文化中心，交通樞紐和軍事重鎮。唐貞觀十九年（公元 645 年），唐太宗李世民親率大軍征討高句麗，始克遼東城（今遼陽老城區）。唐朝攻克遼陽後曾在此設安東都護府，派重兵把守。神冊三年（公元 918 年），遼太祖耶律阿保機攻佔遼東城，置遼陽府。後又曾經作為遼和金的陪都。明朝立國後，在東起鴨綠江西抵嘉峪關長達萬里的防禦線上，設置了 9 個國防重鎮，遼陽是其中之一，為遼東鎮。同時，還在東北各要塞修建了 18 座城池，遼陽城是其中最大的一座。遼陽有許多著名的歷史人文景觀和風景區；歷史人文景觀主要有漢魏時期墓羣壁畫，唐代高句麗

燕州城（白巖城）、八寶琉璃井，遼代白塔，明代清風寺、古城牆遺址；清代東京城、東京陵和曹雪芹高祖曹振彥名碑、曹雪芹紀念館等。自然景觀有山清水秀的湯河旅遊風景區，風光旖旎的核夥溝自然風景區，谷幽樹茂的石洞溝森林公園，碧波漣漣的葠窩水庫旅遊區，蜿蜒奔流的太子河及四億年前形成的喀斯特古溶洞 —— 觀音洞和終年結冰的姑嫂城冷地、冷洞奇觀。

高句麗

金花折風帽，[註1]

白馬小遲回。[註2]

翩翩舞廣袖，[註3]

似鳥海東來。

李

白

❶ 折風：是一種像漢族人所戴的帽子，本來是高句麗中的「賤者」所用，不加金飾。李白詩中卻說「金花折風帽」，顯然他所見是帽上加金飾的「貴者」了。

❷ 遲回：即徘徊。

❸ 海東：泛指渤海以東的遼東之地，這裏是指現吉林省集安市地區。

背景

　　此詩又名《高句驪》，在我國文學史上，是不可多得的珍品。此詩生動地再現了高句麗人的形象，為我國古代多民族的歷史生活畫卷增添了栩栩如生的一筆。唐代有大批高句麗人從集安移居到中原地區甚至黃河以南，這些移居中原的高句麗人，在一定時期內仍保持着他們獨特的民族風習，李白與高句麗後人有過直接接觸，因而高句麗人的形象就生動地再現於李白詩筆之下。

旅遊看點

高句麗　史書中記作「高句驪」，簡稱「句麗」或「句驪」，是公元前 1 世紀至 7 世紀時期生活在中國東北地區的一個古代民族。漢元帝建昭二年（公元前 37 年）夫餘人朱蒙在西漢玄菟郡高句麗縣（今遼寧新賓境內）建國，故稱高句麗。在兩晉南北朝時期，高句麗開始逐漸強大，5 世紀末好太王繼位起，高句麗開始進入鼎盛時期。隋朝曾三次征討高句麗都未能成功。貞觀十九年（公元 645 年），唐太宗親征高句麗，此後唐軍多次取得大勝。公元 668 年，唐高宗完全平定高句麗。高句麗人民以農業、漁獵為生，高句麗人崇拜神物三足烏。把其當作最高權力的象徵。高句麗人對三足烏的這種崇拜在高句麗古墓壁畫中有所體現。同時高句麗的射獵、戰爭壁畫也體現了其作為一個邊疆朝鮮民族所具有的尚武好戰特點。集安市高句麗文物古蹟旅遊景區的好太王碑是高句麗第十九代王「國岡上廣開土境平安好太王」的墓碑，立於公元 414 年，是其子高句麗第二十代王長壽王為其所立。它是中國現存最大的石碑之一，被譽為「海東第一古碑」。碑由角礫凝灰巖粗製而成，近方柱狀，高 6.39 米，寬 1～2 米。四面環刻漢字隸書碑文，共 1775 個字，現能辨識者 1590 餘字。碑文涉及高句麗建國神話，早期王系，好太王攻城略地之功績，守陵制度等。是現存最早、文字最多的高句麗考古史料。它的發現，確認了自中世紀以來為世人遺忘的高句麗文明及中心之所在，在東北亞考古遺跡中佔有重要地位。2004 年中國東北的高句麗王城、王陵及貴族墓葬被列入《世界遺產名錄》。中國的「高句麗王城、王陵及貴族墓葬」包括王城 3 座、王陵 14 處及貴族墓 26 座。

集安市　是高句麗中期都城，現隸屬通化市。位於吉林省東南部，與朝鮮隔鴨綠江相望，是我國對朝三大口岸之一。集安市境內由於老嶺山脈自東北向西南形成一道巨大的天然屏障，橫貫集安市，抵禦北來寒風，使溫暖濕潤的海洋氣流沿鴨綠江溯源而來，造就了集安市嶺南、嶺北兩個小氣候區。嶺南氣候溫和、空氣濕潤、降雨充沛、風力弱小，素有「東北小江南」之稱。高句麗政權從公元 3 年至 427 年在集安定都，作為高句麗政治、經濟、文化中心長達 425 年。集安蘊藏了許多不為人知的高句麗人的故事，這裏有彰顯高句麗民族獨特建築理念的複合式王都 —— 國內城和丸都山城；這裏有中華民族碑刻藝術珍品 —— 好太王碑；這裏有工藝精湛、規模宏大、氣勢雄偉，號稱「東方金字塔」的將軍墳；這裏有色彩鮮豔、線條流暢、內涵豐富，被譽為「東北亞敦煌」的高句麗壁畫，是全人類共同的寶貴的文化遺產和旅遊資源。主要景點還有五女峯國家森林公園、鴨綠江風景區、雲峯湖風景旅遊度假區等。

營 州 歌

營州少年厭原野，
狐裘蒙茸獵城下。
虜酒千鍾不醉人，
胡兒十歲能騎馬。

高
適

❶ 厭：同「饜」，飽。這裏作飽經、習慣於之意。
❷ 狐裘：用狐狸皮毛做的比較珍貴的大衣，毛向外。
❸ 蒙茸（róng）：裘毛紛亂的樣子。
❹ 千鍾（zhōng）：極言其多；鍾，酒器。
❺ 胡兒：指居住在營州一帶的奚、契丹少年。

背
景

　　本詩是高適於天寶中出塞燕趙從軍時據所見有感而作。唐代東北邊塞營州，原野叢林，水草豐盛，各族雜居，牧獵為生，習尚崇武，風俗獷放。高適在詩中描寫了唐代東北邊塞營州地區的漢、胡各族少年，自幼熏陶於牧獵騎射之風中，養就了好酒豪飲的習慣，練成了馭馬馳騁的本領，展示了典型的邊塞生活。

旅遊看點

營州　今遼寧省朝陽市，位於遼寧省西部，大凌河中上游，是唐王朝在東北地區設立的唯一的內地型府州，是東北邊疆的軍政重鎮。隋唐時期東征高麗，均以朝陽為後方。唐貞觀十九年（公元 645年），唐太宗在東征高句麗班師途中駐蹕營州。「安史之亂」禍首安祿山、史思明，以及平叛「安史之亂」者李光弼均為朝陽人。朝陽市作為營州治所所在地，是我國唐代墓葬八大區之一，歷年來發掘唐墓 200 餘座，是東北地區唯一發現唐代墓葬的地方。大凌河北岸的萬佛堂石窟是北魏太和二十三年（公元 499 年）開鑿的，被譽為中國北方石窟造像藝術寶庫，寶庫內的魏碑被康有為稱為「元魏諸碑之極品」，梁啟超評價它「天骨開張，光芒閃溢」，同時萬佛堂石窟又是一處融人文景觀與自然景觀於一體的風景區。朝陽市還有劈山溝、努魯爾虎山自然保護區、清風嶺等著名景點。

古意呈補闕喬知之

盧家少婦鬱金堂❶，海燕雙棲玳瑁樑❷。❸
九月寒砧催木葉，十年征戍憶遼陽。
白狼河北音書斷❹，丹鳳城南秋夜長。
誰謂含愁獨不見，更教明月照流黃❺！

沈佺期

注釋

❶ 盧家少婦：名莫愁，是南朝民歌《河中之水歌》裏的人物，後用作少婦的代稱。

❷ 鬱金堂：以鬱金香和泥塗壁的房子。

❸ 玳瑁：屬海龜，這裏是指以玳瑁為飾的屋樑，極言樑的名貴精美。龜甲美觀可作裝飾品。

❹ 丹鳳城：指京城長安。一說因秦穆公女吹簫，鳳降其城，故名，後便為京城之別稱。唐代民居多住在城南。

❺ 流黃：雜色絲絹，這裏指黃紫相間的絲織品，泛指衣料。

背景

　　此詩又題《獨不見》，為沈佺期的代表作之一。創作於武則天萬歲通天年間。喬知之，武則天萬歲通天（公元 696～697 年）年間任右補闕，垂拱元年（公元 685 年）曾隨左豹韜衞將軍北征同羅、僕固。萬歲通天元年（公元 696 年）隨建安王武攸宜擊契丹。詩歌描寫一位少婦思念久戍邊塞未歸的丈夫，情致婉轉，色彩炫麗，音韻和諧，具有不朽的藝術魅力。

　　「獨不見」是樂府舊題，屬《雜曲歌辭》。《樂府解題》：「獨不見，傷思而不見也。」多表現相思主題。

遼陽　這裏泛指遼東地區，今遼寧省的東部和南部與吉林省東南部地區以及朝鮮半島大同江以北地區。包括下遼河平原、遼東山地丘陵以及遼東半島三大區域。東端為鯨海（今日本海）長白山脈主峯（天池）及其附近山峯，西抵遼河與渤海。北界大致為遼河 - 鴨綠江水系與松花江水系的分界處，南抵朝鮮與黃海。其中遼河平原有遼河、太子河、渾河、大凌河、小凌河、沙河等遍佈其間。遼東山地丘陵是長白山脈包括主峯在內所延伸的主脈精華部分。遼東半島，與山東半島、雷州半島合稱「中國三大半島」，冬暖夏涼，是避暑勝地。遼陽包括沈陽、本溪、遼陽、鞍山、營口、丹東、大連等重要城市。有沈陽故宮、金石灘國際旅遊度假區、本溪水洞、鴨綠江風景區等著名景點。

白狼河　即大凌河，全長 398 公里，為遼寧西部第一大河。穿越朝陽七縣（市）區全境，經錦州義縣入渤海，是中國東北獨流入海的較大河流之一。古時稱「白狼水」，唐朝時改稱「白狼河」，明朝時始稱「大凌河」。這裏是中華民族「多源共祖」之地，蘇秉琦在《華人·龍的傳人·中國人 —— 考古尋根記》中說：「中國古文化有兩個重要區系：一個是源於渭河流域的仰韶文化；一個是源於大凌河流域的紅山文化。」大凌河所經的朝陽區域古蹟眾多、風景殊勝，是東北最為古老和最負盛譽的水系之一。10 萬年前已有「鴿子洞人」在此休養生息，與老哈河、西拉木倫河共同孕育了博大精深的紅山文化、三燕文化和遼文化。大凌河又是古代溝通東北與中原的交通樞紐，齊國北伐山戎、曹魏征討烏桓、前燕入主中原、北齊攻打契丹、隋唐平定高麗，均以大凌河谷為行軍主道。

第 七 章

蜀道之難難於上青天

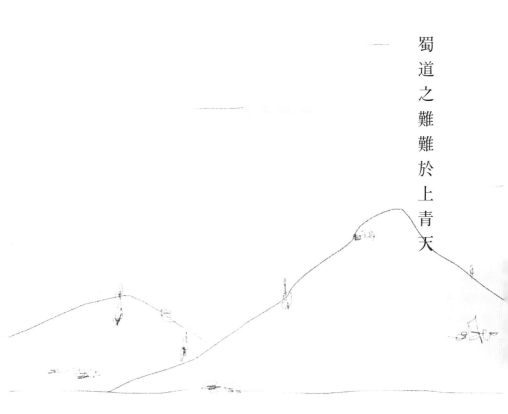

因英國作家詹姆斯・希爾頓所著小說《消失的地平線》而聲名遠播的「香格里拉」歷史悠久，自然風光絢麗，被西方世界譽為「世外桃源」，也是今天「驢友」們的「心中聖地」，一如《塵埃落定》中的世界：神祕、豐饒。藏民手中的轉經筒、飽經滄桑的臉上祥和的皺紋、豔麗的經幡、行走的喇嘛、神祕的土司制度，都有自己完整自足的秩序。一切都美好得仿佛不真實：天空、海子、笑容——寫滿溫厚安然。但在大唐時期，三江並流、梅里雪山、哈巴雪山等這些綺麗的景致還「待字閨中」，無人吟賞。詩人們念念不忘的是巴山蜀水中靜謐呈現的「天府之國」——蜀川，宛如一個大家閨秀，溫潤安閑，成為他們的「理想國」。

連峯去天不盈尺，枯松倒掛倚絕壁。
飛湍瀑流爭喧豗[8]，砅崖轉石萬壑雷[9]。
其險也如此，嗟爾遠道之人，胡為乎來哉！
劍閣崢嶸而崔嵬[10]，一夫當關，萬夫莫開。
所守或匪親，化為狼與豺[11]，
朝避猛虎，夕避長蛇，磨牙吮血，殺人如麻。
錦城雖云樂，不如早還家。
蜀道之難，難於上青天！側身西望長咨嗟！

李白

蜀　道　難

噫吁嚱，危乎高哉！蜀道之難難於上青天！
蠶叢及魚鳧，開國何茫然！
爾來四萬八千歲，不與秦塞通人煙。
西當太白有鳥道，可以橫絕峨眉巔。
地崩山摧壯士死，然後天梯石棧相鈎連。
上有六龍回日之高標，下有衝波逆折之回川。
黃鶴之飛尚不得過，猿猱欲度愁攀援。
青泥何盤盤，百步九折縈巖巒。
捫參歷井仰脅息，以手撫膺坐長歎。
問君西遊何時還？畏途巉巖不可攀。
但見悲鳥號古木，雄飛雌從繞林間。
又聞子規啼夜月，愁空山。
蜀道之難難於上青天，使人聽此凋朱顏！

❶ 噫吁嚱：驚歎聲，蜀方言，表示驚訝的聲音。宋祁《宋景文公
筆記・釋俗》：「蜀人見物驚異，輒曰『噫吁嚱』，李白作《蜀道
難》，因用之。」

❷ 蠶叢、魚鳧：傳說中古蜀國的兩個先王。《文選・左思〈蜀都
賦〉》：「夫蜀都者，蓋兆基於上世，開國於中古。」注引揚雄《蜀
本王紀》：「蜀王之先，名蠶叢、柏灌、魚鳧，蒲澤、開明……
從開明上至蠶叢，積三萬四千歲。」

❸ 秦塞：指秦地。賈誼《過秦論》下：「秦地被山帶河以為固，四
塞之國也。」故曰「秦塞」。秦、蜀為鄰國，戰國時期秦惠文王
滅蜀、置蜀郡，秦蜀始交通往來。

❹ 太白：山名，為終南山主峯，在今陝西眉縣東南。

❺ 峨眉：山名，在今四川省峨眉山市西南。

❻ 地崩山摧壯士死：《華陽國志・蜀志》：相傳秦惠王想征服蜀國，
知道蜀王好色，答應送給他五個美女。蜀王派五位壯士去接人。
回到梓潼（今四川劍閣之南）的時候，看見一條大蛇進入穴中，
一位壯士抓住了牠的尾巴，其餘四人也來相助，用力往外拽。不
多時，山崩地裂，壯士和美女都被壓死。山分為五嶺，入蜀之路
遂通。這便是有名的「五丁開山」的故事。山即今四川江油東北
近劍閣界的五華山，或稱五子山。

❼ 青泥：嶺名。在今甘肅徽縣南。《元和郡縣圖志・山南道・興
州》：「青泥嶺，在（長舉）縣西北五十三里接溪山東，即今通路
也。懸崖萬仞，山多雲雨，行者屢逢泥淖，故號青泥嶺。」

❽ 喧豗（huī）：喧鬧聲，這裏指急流和瀑布發出的巨大響聲。

❾ 砯（pīng）崖：水撞石之聲。砯，水沖擊石壁發出的響聲，這裏
作動詞用，沖擊的意思。

❿ 劍閣：在四川劍閣縣大、小劍山之間，又名劍門關。

⓫ 「一夫」四句：晉張載《劍閣銘》：「一人荷戟，萬夫趑趄。形勝
之地，匪親勿居。」匪，同「非」。

背景

　　《蜀道難》為樂府古題，《樂府詩集》卷四十謂屬《相和歌‧瑟調曲》，並引《樂府舊題》曰：「《蜀道難》，備言銅梁、玉壘（皆蜀中山名）之阻。」梁簡文帝、劉孝威、陰鏗等均有作。陰鏗《蜀道難》云：「蜀道難如此，功名詎可要？」

　　此詩是李白身在長安時為送友人王炎入蜀而寫的，目的是規勸王炎不要羈留蜀地，早日回歸長安。此詩作年，眾說不一，約作於天寶初年，李白在長安時期。

旅遊看點

劍門關　位於四川省廣元市劍閣縣城南 15 公里處，居於大劍山中斷處，兩旁斷崖峭壁，直入雲霄，峯巒倚天似劍；絕崖斷離，兩壁相對，其狀似門，故稱「劍門」，享有「劍門天下險」之譽。劍門蜀道風景名勝區是國家 5A 級旅遊景區，國家級風景名勝區，全國重點文物保護單位，國家森林公園，國家自然與文化雙遺產，全國 100 個紅色經典旅遊景區之一。劍門關是劍門蜀道風景名勝區的核心景區，集三國文化、蜀道文化、關隘文化、紅色文化為一體，融雄、險、奇、幽於一身。李白「劍閣崢嶸而崔嵬，一夫當關，萬夫莫開」的讚譽讓其名揚海內。劍門關內的關樓寬 18.3 米、高 19.61 米、深 17.7 米，全木結構，氣勢恢宏。

蜀道　是古代由長安通往蜀地的道路。蜀道穿越秦嶺和大巴山，山高谷深，道路崎嶇，難以通行。通常學術研究中提到的「蜀道」，是

指由關中通往漢中的褒斜道、子午道、故道、儻駱道（堂光道）以及由漢中通往蜀地的金牛道、米倉道等。金牛道又叫蜀棧，是古代川陝的交通幹線，此道川北廣元到陝南寧強一段十分險峻。詩人李白讚歎的「蜀道難，難於上青天」，就是指的這一段。金牛道的開闢時間或遠在春秋戰國時期，得名源於石牛糞金、五丁開道的傳說，也被稱為石牛道。石牛糞金、五丁開道的傳說最早見於西漢末年著名學者揚雄所作的《蜀王本紀》，其後闞駰《十三州志》、常璩《華陽國志》、酈道元《水經注》等書均有記載：蜀王已有「褒漢之地」，因獵谷中，而適與秦惠王相遇。其後秦欲攻蜀，在二王相會之處列置了幾頭石牛，在石牛的尾巴下邊置放了一些黃金，揚言石牛能糞金。蜀王貪金，但是秦惠王說道路艱險，運不過去，命五丁力士率千餘人鑿山開路迎牛，於是就有了金牛道。而實際情況更可能是戰國後期，蜀國與秦國共同開發的一條連通秦嶺內外的商貿與文化交流的通道。

青泥嶺　在甘肅省徽縣境內，鐵山是青泥嶺山脈的最高峯，海拔1746 米，又名巾子山，位於徽縣東南 20 公里處。這條路是古蜀道險段之最，古稱故道，又名陳倉道、青泥道、散關道、嘉陵道，但這都是後來的稱謂。據專家研究：故道最早稱為周道，是周人為其命名，見於周祁《散氏盤》銘文，「固道」就是漢代時人們所說的故道。故道在秦始皇統一中國之前就已經成為關中與漢中盆地的通衢大道，實為蜀道之始。

送杜少府之任蜀州[1]

城闕輔三秦[2]，風煙望五津[3]。
與君離別意，同是宦遊人[4]。
海內存知己[5]，天涯若比鄰。
無為在歧路[6]，兒女共沾巾。

王勃

❶ 蜀州：地名，今四川崇州。

❷ 三秦：指陝西關中一帶。關中古為秦國，項羽破秦入關，三分關中之地，以封秦降將章邯為雍王，司馬欣為塞王，董翳為翟王，合稱「三秦」。詳見《史記‧項羽本紀》。

❸ 五津：指岷江自灌縣（今都江堰市）至彭山間的五大渡口：白華津、皂（多誤作「萬」）里津、江首津、沙（多誤作「涉」或「不」）頭津、江南津，詳見《華陽國志校注》卷三《蜀志》。

❹ 海內：四海之內，猶言天下。古代人認為我國疆土四周環海，所以稱天下為四海之內。

❺ 歧（qí）路：岔路，指分手之處。

背
景

　　王勃（公元 649 或 650～675 或 676 年），字子安，郡望太原祁縣（今屬山西），絳州龍門（今山西河津）人。早慧好學，被譽為「神童」。王勃與楊炯、盧照鄰、駱賓王齊名，並稱「王楊盧駱」，號為「初唐四傑」，王勃被推為「四傑」之首。

　　詩題一作《送杜少府之任蜀川》。蜀州，垂拱二年（公元 686年）年方置，時作者已死多年，當以「蜀川」為是。蜀川，指四川，即今四川岷江流域。杜少府，不詳何人。或謂杜審言，尚待詳考。少府為縣尉的別稱。之任，赴任。這是一首送友人去蜀川赴任的詩歌，約作於乾封元年至總章元年（公元 666～668 年）王勃任職長安期間。

旅遊看點

蜀州 今四川崇州，位於岷江中上游川西平原西部，其建制歷史長達 2200 年，公元 316 年設立縣制，1994 年撤縣設市。崇州自古為繁榮富庶之地，有「蜀中之蜀」「蜀門重鎮」之稱。崇州市山、丘、壩、河兼有的地理條件，造就了眾多的旅遊景觀，省級森林公園雞冠山是其中的代表。崇州市悠久的歷史形成了多彩的人文景觀，蜀畫池、州文廟、陸游祠、光嚴禪院為川西不可多得的歷史勝跡。崇州的街子是個歷史悠久的古鎮，五代時名「橫渠鎮」，因橫於味江河畔而得名。境內有晉代古剎 —— 光嚴禪院，鳳棲山旅遊風景區，千畝原始森林，千年銀杏、千年古楠、清代古塔，清末民初古建一條街，宋代民族英雄王小波起義遺址，唐代「一瓢詩人」唐求故居，有擁有神奇傳說的古龍潭、五櫃沱、雲霧洞等，全鎮各種文物古蹟二十餘處。

新津 位於四川盆地西部，成都市南部，東接雙流區、南瀕眉山市、西臨邛崍市、北靠大邑縣和崇州市。新津的「津」，按《說文》，義釋「水渡」，即「渡口」之意。新津即新的渡口，新津之名得此。原橫跨岷江的江安橋（索橋）為成都平原通往眉嘉平原的必經渡口，然而「江安橋，廣一里半，每逢夏水盛（索橋）斷絕，歲歲修理，百姓苦之」。東漢「建安二十一年（公元 216 年），太守南陽李嚴乃鑿天社山，循江通車道」（《華陽國志》）以後，今五津匯流處始成為溝通成都平原與眉嘉平原的新渡口，代替了江安橋舊渡口。新渡口日益繁榮，逐漸成為新的集市，曰「新津市」。北周孝閔帝元年（公元 557 年）析山縣北部置新津縣，縣亦因「新津市」而名「新

津縣」。新津縣自北周定名，相襲至今，已有 1450 年歷史，為川西重要的物資集散地和交通樞紐，是四川省經濟技術向西南輻射的必經之地。

春夜喜雨

好雨知時節，當春乃發生。
隨風潛入夜，潤物細無聲。
野徑雲俱黑，江船火獨明。
曉看紅濕處，花重錦官城。

杜

甫

注
釋

❶ 潛（qiān）：暗暗地，悄悄地。這裏指春雨在夜裏悄悄地隨風而至。

❷ 重：讀作 zhòng（重在這裏的意思是沉重，所以讀作第四聲。）

❸ 錦官城：在成都城西南部，漢代主管織錦業的官員居此，故稱。後亦作為成都的別稱。

背
景

　　這首詩寫於上元二年（公元 761 年）春。杜甫在經過一段時間的流離轉徙的生活後，終因陝西旱災而來到四川成都定居，開始了在蜀中的一段較為安定的生活。作此詩時，他已在成都草堂定居兩年。他親自耕作，種菜養花，與農民交往，對春雨的感情很深，因而寫下了這首描寫春夜降雨、潤澤萬物的美景詩作。

旅
遊
看
點

成都　簡稱蓉，四川省省會、副省級市。成都是中國五大戰區之一的西部戰區司令部駐地，是西部地區設立外國領事館數量、開通國際航線數量最多的城市，是聯合國教科文組織命名的世界美食之都。成都是國家歷史文化名城、中國最佳旅遊城市和南方絲綢之路的起點。約在公元前 5 世紀築城，西漢時已成為中國六大都市之一，三國時期為蜀漢國都。北宋年間發行世界最早的紙幣「交子」，官府在成都設立世界最早的管理儲蓄銀行交子務。幾千年的建城史孕育了武侯祠、杜甫草堂、永陵、望江樓、青羊宮、文殊院、明蜀

王陵、昭覺寺等眾多歷史名勝古蹟和人文景觀。成都也是四川大熊貓的棲息地,擁有名揚四海的大熊貓繁育研究基地。成都擁有 2 項世界遺產,2 項世界預備遺產,是中國中西部擁有世界遺產項目數最多的城市,是一座有着 3200 年歷史的「最中國文化名城」。

寬窄巷子 位於成都市青羊區長順街附近,由寬巷子、窄巷子、井巷子平行排列組成,全為青黛磚瓦的仿古四合院落,這裏是成都遺留下來的較成規模的清朝古街道,與大慈寺、文殊院並稱為成都三大歷史文化名城保護街區。寬窄巷子是國家 2A 級旅遊景區,先後獲 2009 年「中國特色商業步行街」、四川省歷史文化名街、2011 年成都新十景、四川十大最美街道等稱號。

大熊貓繁育研究基地 位於成都北郊斧頭山,距市區 10 公里,有一條寬闊的熊貓大道與市區相連。大熊貓博物館內珍貴的資料、豐富的展品舉世無雙,是認識大熊貓、回歸大自然、觀光旅遊、休閒娛樂的極佳場所。

九眼橋 位於成都市錦江區,古名宏濟橋,又名鎮江橋,始建於明萬曆二十一年(公元 1593 年),由當時布政使余一龍所建,是石欄杆、石橋面的大拱橋,長 4 丈寬 3 丈高 3 丈,下有 9 洞。在清朝乾隆五十三年(公元 1788 年)由總督李世傑補修時,改名為九眼橋,是錦江上最大的一座石拱橋。古人愛用「長虹臥波」來形容石拱橋的壯麗,可是九眼橋卻不是一道「長虹」,而是一張「彎弓」。在橋南不遠處曾經有過一座與橋同期建造的回瀾塔(俗名白塔)與之相映成趣,構成「橋是彎弓塔是箭」的奇特景觀。20 世紀 50 年代前,九眼橋一帶是熱鬧的水碼頭,要從水路出成都下重慶,都得從這裏搭船啟程。而從外地水路運來的貨物,也得在這裏上岸。

（四）

蜀　相

丞相祠堂何處尋，錦官城外柏森森①。
映階碧草自春色，隔葉黃鸝空好音②。
三顧頻煩天下計③，兩朝開濟老臣心。
出師未捷身先死④，長使英雄淚滿襟。

杜
甫

注釋

❶ 錦官城：成都的別稱。

❷ 三顧：指劉備三顧茅廬請諸葛亮出山。諸葛亮《出師表》云：「先帝不以臣卑鄙，猥自枉屈，三顧臣於草廬之中，諮臣以當世之事。」

❸ 兩朝開濟：指諸葛亮先輔佐先主劉備開創帝業，建立蜀漢政權，後又輔佐後主劉禪鞏固帝業。

❹ 出師未捷：指「北定中原，興復漢室，還於舊都」（《出師表》）的理想未得實現。《三國志·蜀書·諸葛亮傳》載：建興十二年（公元 234 年）春，諸葛亮出師伐魏，據武功五丈原，與司馬懿對抗於渭南，相持百餘日。其年八月，病卒於軍中，時年五十四歲。

背景

　　唐肅宗乾元二年（公元 759 年）十二月，杜甫結束了為時四年寓居秦州、同谷（今甘肅成縣）的顛沛流離的生活，到了成都，在朋友的資助下，定居在浣花溪畔。唐肅宗上元元年（公元 760 年）的春天，他探訪了諸葛武侯祠，寫下了這首感人肺腑的千古絕唱。杜甫雖然懷有「致君堯舜」的政治理想，但他仕途坎坷，抱負無法施展。他寫《蜀相》這首詩時，安史之亂還沒有平息。目睹國勢艱危，生靈塗炭，而自身又請纓無路，報國無門，因此對開創基業、挽救時局的諸葛亮，無限仰慕，倍加敬重。

　　蜀相，即諸葛亮。221 年，劉備在蜀稱帝，史稱蜀漢，任命諸葛亮為丞相。諸葛亮於建興元年（公元 223 年）被後主劉禪封為武鄉侯，故其廟又稱武侯祠。

武侯祠　位於成都市南門武侯祠大街，肇始於劉備修建惠陵之時，它是中國唯一一座君臣合祀祠廟和最負盛名的蜀漢英雄紀念地，由劉備、諸葛亮蜀漢君臣合祀祠宇及惠陵組成，是全國影響最大的三國遺址博物館，享有「三國聖地」的美譽。它始建於公元 223 年，是全國重點文物保護單位，國家一級博物館，國家 4A 級旅遊景區。一千多年來幾經毀損，屢有變遷。武侯祠（諸葛亮的專祠）建於唐以前，初與祭祀劉備（漢昭烈帝）的昭烈廟相鄰，明朝初年重建時將武侯祠併入了「漢昭烈廟」，形成現存武侯祠君臣合廟。現存祠廟的主體建築為公元 1672 年重建。

錦里古街　位於成都市武侯區武侯祠旁。作為武侯祠（三國歷史遺跡區、錦里民俗區、西區）的一部分，街道全長 550 米。現為成都市著名步行商業街，為清末民初建築風格的仿古建築，以三國文化和四川傳統民俗文化為主要內容。古街佈局嚴謹有序，酒吧娛樂區、四川餐飲名小吃區、府第客棧區、特色旅遊工藝品展銷區錯落有致。錦里於 2004 年 10 月正式對外開放，其延伸段錦里二期（水岸錦里）於 2009 年 1 月開始迎客。錦里依託武侯祠，「拜武侯、泡錦里」已成為成都旅遊最具號召力的響亮口號之一。2005 年錦里被評選為「全國十大城市商業步行街」之一，與北京王府井、武漢江漢路、重慶解放碑、天津和平路等老牌知名街市齊名，號稱「西蜀第一街」，被譽為「成都版清明上河圖」。

卜　居

浣花溪水水西頭，主人為卜林塘幽①。
已知出郭少塵事④，更有澄江銷客愁⑤。
無數蜻蜓齊上下⑥，一雙鸂鶒對沉浮⑦。
東行萬里堪乘興，須向山陰上小舟。

杜
甫

❶ 浣花溪：位於四川省成都市西郊，為錦江支流。杜甫結草堂於溪旁。

❷ 卜：選擇。

❸ 林塘：指樹林池塘，泛指幽居之所。

❹ 出郭：郭即外域。也作雙關語，喻作者入蜀避難，遠離了政治漩渦。

❺ 澄江：指浣花溪。

❻ 鸂鶒（xī chì）：水鳥名，像鴛鴦，又稱紫鴛鴦。

❼ 山陰、小舟：用王子猷典。《世說新語‧任誕》篇載：「王子猷居山陰，夜大雪，眠覺，開室命酌酒，四望皎然。因起彷徨，詠左思《招隱》詩。忽憶戴安道。時戴在剡，即便夜乘小舟就之。經宿方至，造門不前而返。人問其故，王曰：『吾本乘興而行，興盡而返，何必見戴！』」

背景

　　乾元二年（公元 759 年）十二月，杜甫自同谷縣抵成都後，寓居郊外古寺中。次年春，即上元元年（公元 760 年）在西郊浣花溪畔擇地營屋住了下來。今天成都的杜甫草堂，即詩人當年居住之地。擇地後，杜甫寫下《卜居》一詩。

　　傳說浣花夫人是唐代浣花溪邊一個農家的女兒，她年輕的時候，有一天在溪畔洗衣，遇到一個遍體生瘡的過路僧人跌進溝渠裏，這個遊方僧人脫下沾滿了污泥的袈裟，請求她替他洗淨，姑娘欣然應允。當她在溪中洗滌僧袍的時候，卻隨手漂浮起朵朵蓮花來。霎時遍溪蓮花泛於水面，浣花溪因此聞名。

旅遊看點

杜甫草堂　位於成都市青羊區草堂路。又稱浣花草堂、工部草堂、少陵草堂，1955 年成立杜甫紀念館，1985 年更名為成都杜甫草堂博物館，現今是一處集紀念祠堂格局和詩人舊居風貌為一體的博物館，是國家首批全國重點文物保護單位，首批國家一級博物館，國家 4A 級旅遊景區，是中國規模最大、保存最完好、知名度最高且最具特色的杜甫行蹤遺跡地。杜甫在此居住近四年，創作詩歌流傳至今的有二百四十餘首。但杜甫離開草堂後，草堂便不復存在。五代前蜀詩人韋莊尋得草堂遺址，重結茅屋，使之得以再現。後經宋、元、明、清多次修復而成，其中兩次最大的重修，是在明弘治十三年（公元 1500 年）和清嘉慶十六年（公元 1811 年），基本上奠定了今天杜甫草堂的規模和格局。當地主要有草堂寺、浣花祠、工部祠等景點。

（六）

絕　句

兩個黃鸝鳴翠柳，
一行白鷺上青天。①
窗含西嶺千秋雪，②
門泊東吳萬里船。③④

杜甫

注釋

① 西嶺：指西嶺雪山。

② 千秋雪：指西嶺雪山上千年不化的積雪。

③ 東吳：古時候吳國的領地，今江蘇省一帶。

④ 萬里船：指不遠萬里開來的船隻。

背景

公元 762 年正值唐朝鼎盛時期，成都尹嚴武入朝，當時由於安史之亂，杜甫一度避往梓州。第二年，叛亂平定，嚴武還鎮成都。杜甫也回到成都草堂。當時，他的心情很好，面對這一派生機勃勃的景象，情不自禁，寫下這一首即景小詩。

嚴武（公元 726～765 年），字季鷹。華州華陰（今陝西華陰）人。唐朝中期大臣、詩人，中書侍郎嚴挺之之子。初為拾遺，後任成都尹。兩次鎮蜀，以軍功封鄭國公。永泰元年（公元 765 年），因暴病逝於成都，年四十。追贈尚書左僕射。嚴武雖是武夫，亦能詩。嚴武與杜甫友善，關係極其密切。杜甫居成都期間，他帶着僕從和酒肉來看望杜甫，杜甫寫道：「竹裏行廚洗玉盤，花間立馬簇金鞍。」杜甫後入嚴武幕府任檢校工部員外郎，故又有杜工部之稱。此後二人詩作往來頻繁，嚴武成了杜甫除李白、高適之外的又一知音。嚴武稱杜甫為「杜二」。

旅遊看點

西嶺雪山　位於成都市西郊，大邑縣西嶺鎮境內，距成都 95 公里，總面積 483 平方公里。該景區於 1989 年 8 月被四川省政府批

准列為省級風景名勝區，1994 年 1 月經國務院批准為國家重點風景名勝區，現為世界自然遺產、大熊貓棲息地、國家 4A 級旅遊景區。景區於 1999 年開發了佔地為 7 平方公里，海拔在 2200～2400 米的中國規模最大、設施最好的大型高山滑雪場、大型雪上遊樂場和大型滑草場、高山草原運動遊樂場。西嶺雪山屬立體氣溫帶，現已形成「春賞杜鵑夏避暑，秋觀紅葉冬滑雪」的四季旅遊格局。

岷山 是中國西部大山。北起甘肅東南岷縣南部，南止四川盆地西部峨眉山，南北逶迤 700 多公里，有「千里岷山」之說。四川境內為岷山主體部分，有摩天嶺、雪寶頂、九頂山、青城山。岷山山清水秀、文化底蘊深厚，擁有世界自然遺產九寨溝、黃龍、大熊棲息地、世界文化遺產青城山－都江堰、世界自然與文化雙遺產峨眉山－樂山大佛，是中國古史神話傳說中上帝與眾神的天庭所在地「海內崑崙山」和神仙文化、道教發祥地，中華人文女祖、蠶桑神、旅遊之神嫘祖和治水英雄大禹的故里、古蜀文明的發祥地。岷山是中國高品位旅遊資源最富集的地區，是中國大熊貓分佈密度最大、數量最多的山系。岷山已建立唐家河、王朗、九寨溝、白河、白水江和鐵布 6 個自然保護區。其中，位於岷山東坡四川省青川縣和平武縣境內的唐家河和王朗自然保護區，面積分別為 4 萬公頃和 2.8 萬公頃，主要保護大熊貓、金絲猴、扭角羚；位於岷山腹部四川省九寨溝縣的九寨溝自然保護區，面積 6 萬公頃，其保護對象為大熊貓、金絲猴、扭角羚；白河自然保護區面積 2 萬公頃，主要保護金絲猴、大熊貓、扭角羚及綠尾虹雉；位於岷山東北坡甘肅文縣境內的白水江自然保護區，面積約 9 萬公頃，亦以大熊貓、金絲猴、扭角羚為保護重點；岷山西坡四川省若爾蓋縣的鐵布自然保護區，面積 2 萬公頃，保護梅花鹿及藍馬雞等。

登　樓

花近高樓傷客心，萬方多難此登臨。

錦江春色來天地，玉壘浮雲變古今。

北極朝廷終不改，西山寇盜莫相侵。

可憐後主還祠廟，日暮聊為《梁甫吟》。

杜

甫

❶ 錦江：為岷江支流，自四川郫縣流經成都西南，傳說江水濯錦，其色鮮豔於他水，故名錦江，又名流江、汶江，俗名府河。

❷ 玉壘：山名，在今四川都江堰市西北。此句以玉壘浮雲的變幻不定，喻古今世事之變化無常。即作者《可歎》所云：「天上浮雲似白衣，斯須改變如蒼狗。古往今來共一時，人生萬事無不有。」

❸ 北極：北極星，一名北辰，喻指朝廷。《論語‧為政》：「為政以德，譬如北辰，居其所而眾星拱之。」

❹ 西山：即成都西雪嶺。

❺ 寇盜：指吐蕃。

❻ 後主：蜀先主劉備之子劉禪。後主廟在成都南先主廟東側，西側即武侯祠。後主寵信宦官黃皓，終致蜀漢亡國。代宗任用宦官程元振、魚朝恩等，招致吐蕃陷京、鑾輿幸陝之禍，故借後主託諷。後主昏庸，亡國還享祠廟，代宗尚未亡國，似勝於劉禪，但亦夠可憐的了。

❼ 《梁甫吟》：樂府曲名。《三國志‧蜀書‧諸葛亮傳》：「亮躬耕隴畝，好為《梁父吟》。」今傳《梁甫吟》，後人題為諸葛亮作，實不足信，此即指所詠《登樓》詩。作者將己詩比作《梁甫吟》，有思得諸葛以濟世之意。聊為，有暫且借詠以寄慨意。

背景

　　此詩為唐代宗廣德二年（公元 764 年）春在成都所寫。東漢末年王粲傷亂離而作《登樓賦》，詩題取意於此。

　　當時詩人客居四川已是第五個年頭。上一年正月，官軍收復河南河北，安史之亂平定；十月便發生了吐蕃攻陷長安、立傀儡、改年號，代宗奔逃陝州的事；不久郭子儀收復京師。年底，吐蕃又破松、維、保等州（在今四川北部），繼而再攻陷劍南、西山諸州。詩

中「西山寇盜」即指吐蕃，「萬方多難」也以吐蕃入侵為最烈，同時，也指宦官專權、藩鎮割據、朝廷內外交困、災患重重、日益衰敗的景象。

玉壘山　即今玉壘山公園，位於都江堰市城西，為精巧的城市森林公園，1986 年曾被列為全國十大森林公園第九位。園內有玉壘、玉屏、翠屏、盤龍、金龜、文筆諸峯。佔地 30 餘公頃，長約 1500 米的古驛道和縱橫交錯的遊山小徑連接着 12 個主要景點。園內城隍廟大殿、十殿、靈官樓、馬王殿及明代古城牆、玉壘關和西關城樓近年來修葺一新，新建了鬥犀、含暉、掬翠、金雞、芙蓉、浮雲、覽波等 8 個景點。山上古木參天，綠蔭如蓋，登頂可俯瞰都江堰水利工程全貌。

都江堰　坐落在成都平原西部的岷江上，距離成都市區約 50 公里，距離青城山僅 20 公里。當代著名學者余秋雨說：「中國歷史上最激動人心的工程不是萬里長城，而是都江堰。」因為它自建成之後，兩千多年來一直發揮着防洪灌溉的作用，使成都平原成為水旱從人、沃野千里的「天府之國」，至今灌區已達 30 餘縣市，面積近千萬畝，是全世界迄今為止，年代最久、唯一留存、仍在使用、以無壩引水為特徵的宏大水利工程，是中國古代勞動人民勤勞、勇敢、智慧的結晶。都江堰始建於秦昭王末年（約公元前 256～公元前 251 年），是蜀郡太守李冰父子組織修建的大型水利工程，由分水魚嘴、飛沙堰、寶瓶口等部分組成。都江堰不僅是一個集防洪、

灌溉、航運為一體的綜合水利工程，還是世界自然遺產和文化遺產，全國重點文物保護單位，國家風景名勝區，國家 5A 級旅遊景區。都江堰水利風景區主要有伏龍觀、二王廟、安瀾索橋、玉壘關、離堆公園、玉壘山公園、玉女峯、靈巖寺、普照寺、翠月湖等景點。

丈人山

自為青城客，不唾青城地。①
為愛丈人山，丹梯近幽意。②
丈人祠西佳氣濃，緣雲擬住最高峯。
掃除白髮黃精在，③君看他時冰雪容。

杜甫

❶ 不唾：用「千里不唾井」的典故。《玉台新詠‧劉勳妻王宋之
　　二》：「誰言去婦薄，去婦情更重。千里不唾井，況乃昔所奉。」
　　唐駱賓王《豔情代郭氏答盧照鄰》詩：「情知唾井終無理，情知
　　覆水也難收。」王琦注：「謂嘗飲此井，雖捨而去之千里，知不
　　復飲矣，然猶以嘗飲乎此而不忍吐也。」

❷ 幽意：悠閑的情趣。

❸ 黃精：山中一種珍貴的藥材，有返老還童之功效。

背
景

　　此詩為杜甫漂泊西南，定居成都杜甫草堂期間所作。詩句看似
直白，卻意境悠遠，自喻為「青城客」的杜甫，透露出對丈人山的
無限熱愛和赤子之情。

　　五嶽丈人是青城山的別名。《太平御覽》卷四引《玉匱經》：「（青
城山）黃帝封為五嶽丈人。」

旅遊看點

青城山 位於四川省都江堰市西南、成都平原西北部邊緣，處於都江堰水利工程西南 10 公里處。古稱丈人山，主峯老霄頂海拔 1260 米，全山林木青翠，四季常青，諸峯環峙，狀若城郭，故名青城山。在四川名山中與劍門之險、峨眉之秀、夔門之雄齊名，有「青城天下幽」的美譽。青城山和都江堰非常近，「拜水都江堰，問道青城山」是都江堰 - 青城山景區的常用宣傳語。它是世界文化遺產，中國道教發源地，中國四大道教名山之一，全國重點文物保護單位，國家重點風景名勝區，國家 5A 級旅遊景區。

丈人祠 是寧封的道場。傳說寧封是黃帝時期發明陶器的人，被封為「陶正」，專門負責燒製陶器。在一次燒陶時，他不慎失足掉進火中，當大家趕來時，只看見從窯中升起一團五色濃煙，而寧封的身影好像隨煙氣在冉冉上升，大家十分驚奇，紛紛說寧封火化登仙了。據說，登仙後的寧封被人發現隱居在青城山北崖，黃帝知道他有異能，便來到青城山，築台拜寧封為五嶽丈。如今的丈人祠稱建福宮，在青城山山門的右側，內有丈人殿，塑有寧封的像，裏面有對聯曰：「道堪總儷羣流，神祕啟諸天，偶窺玄妙應如海；我亦遨遊萬里，丈人尊五嶽，漫說歸來不看山。」

（九）

成都曲

錦江近西煙水綠❶，
新雨山頭荔枝熟。
萬里橋邊多酒家，
遊人愛向誰家宿❷？

張籍

注釋

❶ 水：霧靄迷蒙的水面。

❷ 愛向：喜愛歸向。

背景

　　張籍（約公元 767～約 830 年），字文昌，和州烏江（今安徽和縣）人，祖籍吳郡（今江蘇蘇州）。貞元十五年（公元 799 年）登進士第，歷任太常寺太祝、國子監助教、秘書郎、國子博士、水部員外郎、主客郎中，仕終國子司業，故世稱「張水部」「張司業」。張籍一生貧病潦倒，四十多歲時，患眼疾幾近失明，孟郊戲稱「窮瞎張太祝」。張籍工詩，尤長於樂府，與王建齊名，並稱「張王樂府」。存詩四百六十餘首，有《張司業集》。

　　這首詩是張籍遊成都時寫的一首七絕，詩通過描寫成都市郊的風物人情和市井繁華景況，表現了詩人對太平生活的向往。因為這詩不拘平仄，所以用標樂府體的「曲」字示之。

錦江　濯錦江的簡稱。從唐代詩人杜甫的「錦江春色來天地」到近代藏書家章鈺的「占斷錦江春色麗」，錦江一直是文人騷客吟詠的對象。錦江是岷江流經成都的兩條主要河流 —— 府河、南河的合稱，流經成都南郊，又稱府南河。以江水清澄、濯錦鮮明而著稱。江南為郊野，江北為市區，江中有商船。地兼繁華，幽美之勝。今日的錦江上，仍是碧波瀲灩，垂柳披拂，白鷺棲息於泥灘之上；沿岸而行，有燈火至凌晨方休的酒吧，有四把藤椅、一桌麻將的茶館。古詩裏的悠閑繁華，在現代的城市中仍然留存。

萬里橋　即今成都市南門大橋，俗稱老南門大橋，是成都歷史上著名的古橋。橋下水入岷江流至宜賓，與金沙江合為長江，東流直達南京，唐時商賈往來，船隻很多。三國時，蜀漢丞相諸葛亮曾在此設宴送費禕出使東吳，費曰：「萬里之行，始於此橋。」該橋由此而得名。它既是古代成都水陸交通的一個重要起點站，又是一大名勝古蹟。萬里橋的名聲，和歷代文人短詩長賦無盡的詠歎有關。杜甫有：「西山白雪三城戍，南浦清江萬里橋。」劉禹錫有：「憑寄狂夫書一紙，家住成都萬里橋。」薛濤有：「萬里橋頭獨越吟，知憑文字寫愁心。」陸游好像寫得最多，也最細緻真切，有：「成都城南萬里橋，蘆根蘋末風蕭蕭。映花輾草鈿車小，駐坡驀潤青驄驕。入門翠徑絕窈窕，臨水飛觀何岌嶢。」「雕鞍送客雙流驛，銀燭看花萬里橋。」還有：「萬里橋邊帶夕陽，隔江漁市似清湘。」在陸游的詩裏，可以看到宋代萬里橋橋上橋邊的風景人物，有花有竹，有車有馬，有船有帆，有翠徑有銀燭，還有熱鬧的魚市……遺憾的是，由於城市化的步伐飛速，這座千年古橋於 1995 年被拆。

寄蜀中薛濤校書

萬里橋邊女校書①，
枇杷花裏閉門居②。
掃眉才子③於今少④，
管領春風總不如。

王
建

❶ 校（jiāo）書：即校書郎，古代掌校典籍的官員。據說武元衡曾
有奏請授薛濤為校書郎之議，一說係韋皋鎮蜀時辟為此職。薛濤
當時就以「女校書」廣為人知。而「蜀人呼伎為校書，自濤始」
（《唐才子傳》）。

❷ 枇杷（pí pā）：喬木名，果實亦曰枇杷。據《柳亭詩話》，這是
與杜鵑花相似的一種花，產於駱谷，本名琵琶，後人不知，改為
「枇杷」。

❸ 掃眉才子：泛指自古以來的女才子們。掃眉，畫眉。《漢書·張
敞傳》載張敞為京兆尹，「為婦畫眉，長安中傳張京兆眉嫵。有
司以奏敞，上問之，對曰：『臣聞閨房之內，夫婦之私，有過於
畫眉者。』上愛其能，弗備責也。」

❹ 管領春風：猶言獨領風騷。春風，指春風詞筆，風流文采。

　　王建（公元766？～832？年），字仲初，關輔（今陝西）人。
曾與張籍同學於齊州鵲山。貞元、元和間，轉歷淄青、幽州、嶺
南、荊南、魏博幕，後任昭應丞、轉渭南尉，與宦官王守澄聯宗，
寫《宮詞》百首。又歷任太府丞、秘書郎、陝州司馬。晚年罷任，
閑居於京郊，約卒於大（太）和年間。王建有詩名，長於樂府、宮
詞，與張籍齊名，並稱「張王」。他們二人是新樂府運動的先導，
所創作的新樂府詩頗受推崇。白居易說他「所著章句，往往在任口
中，求之輩流，亦不易得」（《授王建秘書郎制》）。有《王建詩集》
（又稱《王司馬集》）行世。

　　薛濤（約公元768～832年），唐代女詩人，字洪度。長安（今
陝西西安）人。因父親薛鄖（yún）做官而來到蜀地，父親死後薛
濤居於成都。居成都時，成都的最高地方軍政長官劍南西川節度使

前後更換十一屆，大多與薛濤有詩文往來。曾居浣花溪（今有浣花溪公園）上，製作桃紅色小箋寫詩，後人仿製，稱「薛濤箋」。成都望江樓公園有薛濤墓。薛濤與劉采春、魚玄機、李冶，並稱唐朝四大女詩人。卓文君、薛濤、花蕊夫人、黃娥並稱蜀中四大才女。流傳至今的詩作有 90 餘首。

旅遊看點

薛濤墓　位於成都望江樓公園西北角的竹林深處。主體由墓、墓碑、墓基平台組成，四周有護欄分隔。墓體直徑約三米，由三層紅砂條石砌成圓形墓基，環墓為一米寬的墓基平台，用石板拼成環墓小路，墓與平台形成一個整體，視覺效果甚佳。關於碑的造型，最初設計為浮雕雲頭碑，後由於在公園發現一塊風蝕的古碑，碑高 1.58 米，寬 0.82 米，碑右上方隱約可見明「萬曆」二字，故為明碑，中間正文首字一點一橫一撇的廣旁似唐字，猜測應為唐女校書薛洪度墓碑，重新設計時參考了該碑的造型、尺寸，形成現在的墓體造型。據唐末詩人鄭谷詩云：「渚遠清江碧簟紋，小桃花繞薛濤墳。」知唐時薛濤墓四周種了不少桃樹。又據清朝初期詩人鄭成基詩句：「昔日桃花無剩影，到今斑竹有啼痕。」知清代的薛濤墓旁已無桃花，唯有修竹萬竿。故現在的薛濤墓旁栽種了桃花、翠竹，以紀念這位傑出的女詩人。

望江樓　位於成都市東門外九眼橋錦江南岸一片茂林修竹之中，面積 176.5 畝，園內岸柳石欄，波光樓影，翠竹夾道，亭閣相映，主要建築崇麗閣、濯錦樓、浣箋亭、五雲仙館、流杯池和泉杳榭

等，是明清兩代為紀念唐代著名女詩人薛濤而先後在此建起來的。今天望江樓所在的位置，古代叫玉女津。唐宋時期，這個渡口比較繁華。當時，錦江兩岸四季花開不斷，姑娘們常常從浣花溪上船，一路流連觀賞美景，玉女津所在的渡口就是終點，使這個渡口常常美女如雲，帶有許多靈氣。薛濤是唐朝有名的樂伎，與唐朝的大詩人元稹、白居易、裴度、劉禹錫、杜牧等都有往來唱和，曾被元稹讚譽為「錦江滑膩峨眉秀，幻出文君與薛濤」。她用自己的井水製出的紙在當時很負盛名，被稱為「薛濤箋」。薛濤生前並不住在今天的望江公園，到明代時，蜀獻王朱椿為了紀念薛濤，就在今天的望江公園打井建作坊，仿製薛濤箋。由於井水經砂質地層過濾，甘甜清冽，所製出的紙號為上品。到了清康熙年間，在井旁刻了一通「薛濤井」的石碑，從此，人們就以為薛濤故里在今天的望江公園了。宋代，這裏也曾修建望江樓，陸游就曾在此登樓望景，並寫下了「雪山西北橫，大江東南流」的《登樓》詩。

峨眉山月歌

峨眉山月半輪秋，
影入平羌江水流。①
夜發清溪向三峽，②③
思君不見下渝州。④

李白

注釋

❶ 平羌:即青衣江,大渡河的支流,在今四川中部峨眉山東北。源出寶興縣北,東南流經雅安、洪雅、夾江等地,到樂山匯大渡河,入岷江。

❷ 清溪:指清溪驛,屬四川省犍為縣,在峨眉山附近。

❸ 三峽:《樂山縣志》謂當指四川省樂山縣之嘉州小三峽:犁頭峽、背峨峽、平羌峽,清溪在黎頭峽之上游。一說指長江三峽:瞿塘峽、巫峽、西陵峽。

❹ 渝州:唐代州名,屬劍南道,治所在巴縣,即今重慶市。

背景

　　峨眉山是蜀中大山,也是蜀地的代稱。李白是蜀人,因此峨眉山月也就是故園之月。

　　此詩大約作於開元十三年(公元 725 年)以前。這是李白初次出四川時創作的一首依戀家鄉山水的詩,寫詩人在舟中所見的夜景:峨眉山上空高懸着半輪秋月,平羌江水中流動着月亮的倩影。全詩連用五個地名,通過山月和江水展現了一幅千里蜀江行旅圖,語言自然流暢,構思新穎精巧,意境清朗秀美,充分顯示出青年李白的藝術天賦。

旅遊看點

峨眉山　位於四川省樂山市峨眉山市境內,與山西五台山、浙江普陀山、安徽九華山並稱為中國佛教四大名山,蜚聲中外。峨眉山地勢陡峭,風景秀麗,素有「峨眉天下秀」之稱,山上的萬佛頂最高,

海拔 3099 米，高出峨眉平原 2700 多米。《峨眉郡志》云：「雲鬟凝翠，鬢黛遙妝，真如蠶首蛾眉，細而長，美而豔也，故名峨眉山。」山上寺廟眾多，重要的有八大寺廟：報國寺、伏虎寺、清音閣、萬年寺、洪椿坪、仙峯寺、洗象池、華藏寺。這裏佛事頻繁，據傳為佛教中普賢菩薩的道場。峨眉山—樂山大佛是世界文化與自然雙重遺產，峨眉山古建築羣為全國重點文物保護單位，以峨眉山為主體的峨眉山景區為國家重點風景名勝區、國家 5A 級旅遊景區。

青衣江　是長江支流、岷江支流大渡河支流，主源為寶興河，發源於邛崍山脈巴朗山與夾金山之間的蜀西營（海拔 4930 米），流經寶興、在飛仙關處與天全河、榮經河匯合後，始稱青衣江，經雅安、洪雅、夾江於樂山草鞋渡處匯入大渡河。青衣江在魏晉南北朝以前名叫青衣水，又稱沫水、大渡水，以青衣羌國而得名。流域內歷史文化底蘊深厚，有夾江千佛巖等許多文化遺跡留存，有蜂桶寨自然保護區、上里古鎮等旅遊景點，流域內水力資源豐富，有玉溪河引水灌溉、龜都府水電站等水利設施。

青溪古鎮　位於青川縣城喬莊鎮以西 59 公里，距成都市區約 330 公里。青溪古城素有「川北門戶、西蜀咽喉」之稱，歷來為兵家必爭之地、商賈雲集之處，自三國時期諸葛亮手下督參軍廖化屯田戍守至今已有 1700 多年的歷史。古城內現保存有完整的明代古城格局和川北明清建築羣，風貌古拙樸質。青溪古城歷史文化厚重，人文薈萃，青塘關、控夷關、寫字崖、落衣溝、磨刀石、水中井、虎盤石、千年銀杏、印盒石、打箭坪、南天門、點將台、鞋土山、先機亭、鄧艾廟、石牛寺、華嚴庵等，每一個景點都是一段歷史、一個傳說。城外，青竹江和南渭河二水環繞，形成二龍戲珠之勢，田園交錯，是一座秀美的山水田園城鎮。

登嘉州凌雲寺作

寺出飛鳥外，青峯戴朱樓①。

搏壁躋半空，喜得登上頭①。

殆知宇宙闊②，下看三江流③。

天晴見峨眉，如向波上浮④。

迴曠煙景豁，陰森棕楠稠⑤。

願割區中緣⑥，永從塵外遊。

迴風吹虎穴⑦，片雨當龍湫。

僧房雲濛濛⑧，夏月寒颼颼。

回合俯近郭⑨，寥落見行舟。

勝概無端倪⑩，天宮可淹留⑪⑫。

一官詎足道⑬，欲去令人愁。

岑

參

注釋

❶ 青峯戴朱樓：寺的紅色閣樓傍山峰而建，遠望就像戴於其上。

❷ 殆：大概。

❸ 三江流：指岷江、青衣江、大渡河。嘉州地處三江匯合處。

❹ 峨眉：峨眉山，在嘉州西部約六十里處。

❺ 棕楠：棕櫚樹、楠樹。

❻ 區中緣：塵世緣分。

❼ 僧房：指寺院。

❽ 回合：回環盤曲。

❾ 郭：外城，此處指嘉州城。

❿ 勝概：錦繡山河的美麗風光。

⓫ 天宮：天上宮殿，此處指凌雲寺。

⓬ 淹留：逗留。

⓭ 詎（jù）：豈。

背景

　　永泰元年（公元 765 年）十一月，岑參被任命為嘉州刺史，赴
任途中，正逢蜀中崔旰作亂，他不得已在中途返回長安；大曆元年
（公元 766 年），詩人同杜鴻漸再次入川；直到大曆二年（公元 767
年）的八月，才經成都抵達嘉州。此詩便是公元 767 年的夏天登
臨凌雲寺有感而作，是岑參登臨詩作中的名篇，可與《與諸公同登
慈恩寺塔》相提並論。這時，詩人已屆暮年，雖歷經坎坷但壯志未
酬，歌行雄健之風卻依稀可見，其情緒可謂悲喜交加，別樣悲壯！

嘉州 唐郡名，今四川樂山，坐落在岷江、青衣江、大渡河三江交匯處。樂山是全國首批對外開放重點風景旅遊城市，素有「天下山水之觀在蜀，蜀之勝曰嘉州」的美稱，境內以峨眉山——樂山大佛為中心，呈放射狀相對集中地分佈着數十個國家級、省級風景名勝。烏尤山、凌雲山、東巖山連綿依託，構成了宏大的「巨型睡佛」自然景觀。還有被稱為「中國百慕大」的峨邊黑竹溝，有大熊貓產地之一的馬邊大風頂自然保護區，有現在還在運行的蒸汽小火車——嘉陽小火車。

凌雲寺 位於樂山大佛景區凌雲山頂，被凌雲九峯環抱，因是樂山大佛所在，所以又叫大佛寺。凌雲寺創建於唐代，距今已有一千三百多年的歷史，是由天王殿、大雄殿、藏經樓組成的三重四合院建築，丹牆碧瓦，綠樹掩映。唐開元初年（公元 713 年）開鑿佛像時，寺宇又有擴建。據《方輿勝覽》記載：「會昌前，峯各有寺。」但到會昌四、五年間，由於唐武宗李炎揚道抑佛，以僧尼「耗蠹天下」為由，下令滅佛，凌雲山寺廟僅凌雲寺因「做工精妙」而得以保存。唐建凌雲寺毀於元順帝戰亂，明代進行了兩次修復，明末又經兵亂，大部分被毀。現存凌雲寺是清康熙六年（公元 1667 年）重新修建的。以後又經多次修葺，尤其是中華人民共和國成立後不斷維修，保存了現在的面貌。

樂山大佛 位於四川省樂山市，岷江、青衣江和大渡河三江匯流處，與樂山城隔江相望，北距成都 160 餘公里。它是依凌雲山棲霞峯臨江峭壁鑿造的一尊大佛，造型莊嚴，頭與山齊，足踏大江，雙手撫膝，體態勻稱，神勢肅穆，排水設施隱而不見，設計巧妙。佛像開鑿於唐玄宗開元初年（公元 713 年），是海通禪師為減殺水勢，普度眾生而發起，召集人力、物力修鑿的。海通禪師圓寂以後，工

程被迫停止，多年後，先後由劍南西川節度使章仇兼瓊和韋皋續建。直至唐德宗貞元十九年（公元 803 年）完工，歷時 90 年。它被近代詩人譽為「山是一尊佛，佛是一座山」。樂山大佛景區由凌雲山、麻浩巖墓、烏尤山、巨型臥佛等景觀組成，面積約 8 平方公里。景區屬峨眉山風景區範圍，是國家 5A 級旅遊景區，是聞名遐邇的風景旅遊勝地。古有「上朝峨眉、下朝凌雲」之說。樂山大佛通高 71 米，頭高 14.7 米，頭寬 10 米，髮髻 1051 個，耳長 6.7 米，鼻和眉長 5.6 米，嘴巴和眼長 3.3 米，頸高 3 米，肩寬 24 米，手指長 8.3 米，從膝蓋到腳背 28 米，腳背寬 9 米，腳面可圍坐百人以上，是世界上最大的石刻大佛。在大佛左右兩側沿江崖壁上，還有兩尊身高超過 16 米的護法天王石刻，與大佛一起形成了「一佛二天王」的格局。與天王共存的還有成百上千尊石刻塑像，宛然匯集成龐大的佛教石刻藝術羣。

寄蜀客

君到臨邛問酒壚①，
近來還有長卿無②。
金徽卻是無情物③，
不許文君憶故夫④。

李商隱

注釋

❶ 臨邛（qióng）：卓文君的故鄉，即今四川省邛崍市。

❷ 長卿：司馬相如字長卿。

❸ 金徽：琴名。梁元帝《雜詠》：「金徽調玉軫，茲夜撫離鴻。」

❹ 故夫：指卓文君先夫，其先夫病故，卓文君居家，與司馬相如相戀。

背景

　　此詩約作於李商隱嶺表歸朝之後。大中元年（公元 847 年）桂管觀察使鄭亞請李商隱入幕，為支使兼掌書記。大中二年（公元 848 年）二月，鄭亞被貶循州，李商隱於三四月間離桂回朝，其間曾多次向令狐楚陳情，尋求為官機會。清程夢星評論：「此當作於嶺表歸朝之後，寄蜀客而致慨也。」而近人張采田認為：「此亦為座主李回致慨也。李回大中二年由西川貶湖南時，義山正桂州府罷，遠赴巴蜀，希冀遇合。及回畏讒，不能攜以入幕，而義山於是復向令狐陳情，去李黨而入牛黨，豈其初心哉！藉金徽言之，便不直致。」

　　卓文君，是漢代臨邛（今邛崍）大富豪卓王孫的掌上明珠，是一位詩詞歌賦、琴棋書畫無所不通的漢代著名才女。她青春寡居在家。時值年少孤貧的漢代大才子、辭賦家司馬相如從成都前來拜訪時任臨邛縣令的同窗好友王吉。王縣令在宴請相如時，亦請了卓王孫作陪。後來卓王孫為附庸風雅，巴結縣令，請司馬相如來家做客。其間，文君同相如因一曲《鳳求凰》一見鍾情，相戀私奔成都。後來卓王孫顧忌情面，也只好將新婿、愛女接回臨邛。但他們仍安於清貧，自謀生計，在街市上開了一家酒肆，「文君當壚，相如滌器」。如今，邛崍市城裏，「文君井」「琴台」古蹟猶存。

臨邛 古城巴蜀四大古城之一，古南方絲綢之路西出成都的第一城，四川省首批命名的歷史文化名城。始建於秦惠文王更元十四年（公元前 311 年），迄今已有 2300 多年的歷史，是西漢才女卓文君的故鄉，素有「臨邛自古稱繁庶，天府南來第一州」之美譽。據史料記載，秦惠文王更元九年（公元前 316 年）滅蜀以後，由於政治和軍事需要，在蜀地修築城堡，臨邛、成都、郫縣三地土地肥沃、地當要衝，故秦惠文王於更元十四年（公元前 311 年）派蜀守張若主持修建三城（一說張儀亦參與修築事宜）。因臨近邛民（邛族）聚居地，故取名臨邛。臨邛城店肆林立，規模較大，城址在今邛崍臨邛鎮。據《華陽國志・蜀志》載：「城周圍六里，高五丈。造作下倉，上皆有屋，而見觀樓射欄。」當時郡縣制尚未普及，臨邛城實為縣的雛形，轄今崇慶、新津、灌縣、大邑等地。

雲南曲

百蠻亂南方，羣盜如蜎起[1]
騷然疲中原，征戰從此始
白門太和城，來往一萬里
去者無全生，十人九人死
岱馬臥陽山，燕兵哭瀘水[2]
妻行求死夫，父行求死子
蒼天滿愁雲，白骨積空壘
哀哀雲南行，十萬同已矣

劉

灣

❶ 百蠻：古代南方少數民族的總稱。

❷ 瀘水：金沙江。金沙江是中國第一大河長江的上游，早在 2000
多年前的戰國時期成書的《禹貢》中將其稱為黑水，隨後的《山
海經》中稱之為繩水。東漢許慎的《說文解字》及《漢書·地理
志》中將今雅礱江以上部分稱為淹水，而以若水（雅礱江）為幹
流。三國時期，稱為瀘水，諸葛武侯「五月渡瀘，深入不毛」。
除此以外，金沙江還有麗水、馬湖江、神川等名稱。

　　劉灣（約公元 749 年前後在世）生卒年均不詳，字靈源，西蜀
人。一作彭城（今江蘇徐州）人。天寶進士。安史之亂時，以侍御
史居衡陽，與元結相友善。其詩今存於《全唐詩者》，僅六首。

　　南詔王國（公元 738～902/937 年），吐蕃人稱之為姜域，是 8
世紀崛起於雲貴高原的古代王國，其國民主要由烏蠻和白蠻組成，
由蒙舍國首領皮羅閣於公元 738 年建立，到公元 860 年極盛時的統
治範圍包括今雲南全境及貴州、四川、西藏東南部、越南北部、老
撾北部和緬甸北部地區。公元 902 年，鄭買嗣自立為帝，改國號為
大長和。史學界有時將公元 902 年至 937 年大理國成立前的歷史亦
算作南詔。唐初洱海地區部落林立，互不役屬，其中有六個較大部
落，稱為六詔，分別是：蒙巂詔、越析詔、浪穹詔、邆賧詔、施浪
詔、蒙舍詔。蒙舍詔在諸詔之南，稱為「南詔」。在唐朝的支持下，
南詔先後征服西洱河地區諸部，覆滅其他五詔，統一了洱海地區。
但南詔與唐朝有很長的戰爭期。此詩即感慨其戰爭之淒慘。

旅遊看點

太和城南詔 南詔古國的都城。遺址位於大理古城南 7.5 公里、蒼山佛頂峯麓、太和村一帶。太和城原為河蠻城邑，城內還建過小城金剛城及南詔避暑宮。太和城的遺址內還保存有一塊非常著名的石碑 ——《南詔德化碑》。這塊石碑立於唐代宗大曆元年（公元 766 年），它飽經滄桑，字跡斑駁不清。766 年，南詔第五代詔主閣羅鳳隆重地將這塊石碑立在太和城「國門」之外。南詔德化碑，無疑是南詔與唐王朝重新修好的一塊基石，碑陰題名 41 行，是研究南詔初期階層的結構和職官制度的重要資料，1961 年 3 月 4 日被國務院公佈為第一批全國重點文物保護單位。

金沙江虎跳峽 位於香格里拉市虎跳峽鎮境內，距香格里拉市 96 公里，距麗江市 80 公里。虎跳峽以「險」聞名天下，為世界上最深的大峽谷之一。虎跳峽有香格里拉段和麗江段之分，香格里拉虎跳峽是國家 4A 級旅遊景區，峽谷長 17 公里，南岸玉龍雪山主峯海拔 5596 米，北岸中哈巴雪山海拔 5396 米，中間江流寬僅 30～60 米。虎跳峽的上峽口海拔 1800 米，下峽口海拔 1630 米，兩岸山嶺和江面相差 2500～3000 米，谷坡陡峭，蔚為壯觀。江流在峽內連續下跌 7 個陡坎，216 米短距離落差，水勢洶湧，聲聞數里。

玉案山

松鳴天籟玉珊珊，萬象常應護此山。
一局仙棋蒼石爛，數聲長嘯白雲間。
乾坤不蔽西南境，金碧平分左右斑①。
萬古難磨真跡在，峯頭鸞鶴幾時還②？

道南

注釋

❶ 「乾坤」二句：寫滇池風光，指金馬山與碧雞山在滇池東西兩岸，似乎平分了湖光水色。

❷ 鸞鶴（luán hè）：亦作「鸞鸖」。鸞與鶴。相傳為仙人所乘。

背景

道南，唐代僧人，是中原地區第一個到達昆明並留下作品的詩人。昆明北郊黑龍潭公園中聞名遐邇的唐梅，相傳是道南栽植的。

旅遊看點

玉案山 位於今昆明市西北郊，山上有筇竹寺，是佛教禪宗傳入雲南的第一寺。此寺最早由大理國鄯闡侯高光、高智兄弟所建，據說他倆打獵到此，見高僧拄杖插於地，怎麼也拔不動，翌日竹杖化成竹林，二人遂就地辟寺，取名「筇竹」；亦有說此二人狩獵時見彩雲中現出五百羅漢，待近前觀看，這五百羅漢已悉數化作了筇竹，故名。筇竹寺依山勢而建，主體建築為山門、大雄寶殿和華嚴閣。此寺之所以名揚天下，是緣於寺內保存的五百羅漢彩塑。中國佛寺一般都有羅漢塑像，但達五百的僅有四川新都寶光寺、湖北漢陽歸元寺、浙江天台方廣寺、江蘇蘇州戒幢律寺、山西五台顯通寺、北京碧雲寺及雲南昆明筇竹寺等幾處，其中藝術質量最高的則公認為筇竹寺的羅漢塑像，被譽為「東方雕塑寶庫中的明珠」。除了著名的五百羅漢塑像，筇竹寺參天的古樹與宏大的殿宇也是值得品味之處。位於大雄寶殿之後的華嚴閣本是昆明唯一保存完好的清代斗拱

建築，內有清代文人錢南園書寫的對聯和黎廣修的壁畫，可惜 1984 年春天毀於意外火災，五年後重建完成並舉行了隆重的開光儀式。

滇池 位於昆明市西南，亦稱昆明湖、昆明池、滇南澤、滇海。有盤龍江等河流注入，湖面海拔 1886 米，面積 330 平方公里，是雲南省最大的淡水湖，也是我國第六大淡水湖，有「高原明珠」之稱。平均水深 5 米，最深 8 米。湖水在西南海口瀉出，稱螳螂川，為長江上游幹流金沙江支流普渡河上源。滇池風光秀麗，為國家級旅遊度假區，佔地面積 18 平方公里。四周有雲南民族村、雲南民族博物館、西山華亭寺、太華寺、三清閣、龍門、筇竹寺、大觀樓及晉寧盤龍寺、鄭和公園等風景區。

昆明 位於中國西南雲貴高原中部，享「春城」之美譽，為雲南省省會。北與涼山彝族自治州相連，西南與玉溪市、東南與紅河哈尼族彝族自治州毗鄰，西與楚雄彝族自治州接壤，東與曲靖市交界，是滇中城市羣的核心圈、亞洲 5 小時航空圈的中心，國家一級物流園區佈局城市之一。昆明是中國面向東南亞、南亞乃至中東、南歐、非洲的前沿和門戶，具有東連黔桂通沿海，北經川渝進中原，南下越老達泰柬，西接緬甸連印巴的獨特區位優勢。昆明歷史悠久，人文薈萃，具有悠久的歷史、燦爛的文化，是國務院首批公佈的 24 個歷史文化名城之一，具有 3 萬多年的人類生活史、2400 多年的滇中文化史、1240 多年的建城史，擁有獨特的歷史文化、民族文化、生態文化、佛教文化、都市時尚文化和邊疆異域文化。公元 765 年，南詔國修築拓東城，為昆明建城之始。13 世紀，意大利旅行家馬可·波羅將昆明譽為「壯麗大城」。

吐蕃別館和周十一郎中
楊七錄事望白水山作❶

純精結奇狀，皎皎天一涯。
玉嶂擁清氣，蓮峯開白花。
半巖晦雲雪，高頂澄煙霞。
朝昏對賓館，隱映如仙家。
夙聞蘊孤尚，終欲窮幽遐。
暫因行役暇，偶得志所嘉。
明時無外戶，勝境即中華。
況今舅甥國，誰道隔流沙❷。

呂

溫

❶ 白水山：山名，即白水嶺，在今青海湟源縣城西南。
❷「況今」二句：指唐同吐蕃同屬中華，是「舅甥」關係，雙方間深厚的友誼絕不會因流沙的阻隔而被決裂。

背景

　　呂溫（公元 772～811 年），字和叔，又字化光，唐河中（今山西永濟）人。德宗貞元十四年（公元 798 年）進士，次年又中博學宏詞科，授集賢殿校書郎。貞元十九年（公元 803 年），呂溫得王叔文推薦任左拾遺，並成為王叔文「永貞革新」集團中的一員。第二年，呂溫隨御史中丞張薦出使吐蕃，留居一年有餘。因而，當「永貞革新」失敗後，「二王八司馬」或遭殺戮或被貶僻地，獨呂溫不僅因外使得免，還緣例晉升戶部員外郎。憲宗元和三年（公元 808 年），呂溫升任刑部郎中兼侍御史。因與御史中丞竇羣、監察御史羊士諤等彈劾宰相李吉甫勾結術士惑亂朝政，先後被貶為均州刺史、道州刺史。一年後又改貶衡州刺史。在道州、衡州任上，呂溫打擊豪紳、懲治腐敗，使二州上下煥然一新，政績卓著。但在衡州僅年餘便病逝任上。

　　貞元二十年（公元 804 年）三月，吐蕃來使，報其贊普卒，唐廢朝三日，遣工部侍郎張薦吊祭之，呂溫副張薦為入吐蕃使。出使期間，張薦病死。呂溫繼續單車前行，完成使命。貞元二十一年（公元 805 年）九月，返回長安。出使吐蕃期間，呂溫過河州（今甘肅臨夏），經河源軍（今青海西寧境內），翻日月山，親涉青藏高原，最後從隴右地區歸去。一年多時間，創作了十一首詩歌，成為歷史上少數親歷青藏高原並在此寫詩最多的詩人之一。此詩便是呂溫出使途中在青海境內的吐蕃別館寫景抒情之作。

旅遊看點

吐蕃　是藏族的先民。7 世紀初，以雅隆部落為主的吐蕃人在邏些（今西藏拉薩）建立吐蕃奴隸制政權。唐初，實力空前強大，在「贊普」（意為雄強之人，即首領）松贊干布率領下，迅速統一今青海玉樹地區的蘇毗。貞觀八年（公元 634 年），吐蕃派遣使臣至長安，與唐朝正式建立了友好關係。貞觀十五年（公元 641 年），文成公主入吐蕃和親。唐朝經常派遣使臣到吐蕃進行冊封、吊祭、朝賀及報聘等系列活動。據初步統計，自貞觀八年（公元 634 年）唐蕃使臣往還開始，到大中四年（公元 850 年）吐蕃王朝衰亡，此類活動有五十多次。因此，在《全唐詩》中，可以看到不少以送別使臣入吐蕃為題材的詩歌，如杜審言的《送和蕃使》，劉長卿的《送南特進赴行營》，皇甫曾的《送和西蕃西》等。

湟源縣　地處青藏高原東端的日月山下，湟水河上游。是青海省東部農業區與西部牧業區的結合部，寧格鐵路、109 國道、青新公路穿境而過，素有「海藏通衢」「海藏咽喉」之稱。湟源歷史悠久，古為羌人居地，西漢始置臨羌縣。隋開皇五年（公元 581 年），在石堡山（今日月鄉哈城村）修築石堡城，設戍屯兵，吐蕃人稱鐵刃城。《讀史方輿紀要》中寫道：「石堡城（今指哈城）西三十里有山，山石皆赤。北接大山，南依雪山，號曰赤嶺（即今日月山）。」日月山之所以馳名中外，因為它具有神奇瑰麗的迷人色彩，同時也因文成公主漢藏和親成為漢藏人民友誼的象徵，民族文化交流的見證；唐劃全國為十道，廢西平郡，置鄯州都督府，湟源為鄯城縣地。唐開元二十二年（公元 734 年）改為吐蕃屬地，湟源成為中國歷史上有名的「茶馬互市」所在地，遂立碑於赤嶺，以分唐與吐蕃界，從此，商貿交易頻繁，成為中原通往牧區和西藏的要塞，有「日月山界限中外」之說。主要旅遊看點是赤嶺日月山風景區和丹噶爾古

城，還有湟源排燈，2006年湟源排燈被列入首批國家級非物質文化遺產保護名錄。日月山，初唐時名赤嶺。位於湟源縣西南，在青海湖東南，既是湟源、共和兩縣的交界處，又是青海農區和牧區的分界線，海拔3520米，是遊人進入青藏高原的必經之地，有「西海屏風」「草原門戶」之稱。丹噶爾古城建於明洪武年間，距今有600多年的歷史，是中國西部重要的經濟文化樞紐和軍事重鎮，也是一座古老的歷史文化名城。古城佈局嚴謹的建築結構，經緯交織的幽幽街巷，結構獨特的民居院落，氣勢恢宏的寺院廟宇，保存完整的「歇家」商號，乃至一片瓦、一塊磚、一扇門、一合窗，無不承載着厚重的多元文化信息，展示着邊塞古城發展的壯美。丹噶爾古城是宗教聖地。古城得名於著名的藏傳佛教寺院東科爾。清順治五年（公元1648年），東科爾寺從西藏遷至古城東百米處，成為青海和西藏聲名遠播的寺院。以後古城內又修建了城隍廟、金佛寺、火祖閣、玉皇廟、關帝廟、財神廟、北極山羣廟、清真寺等景點。

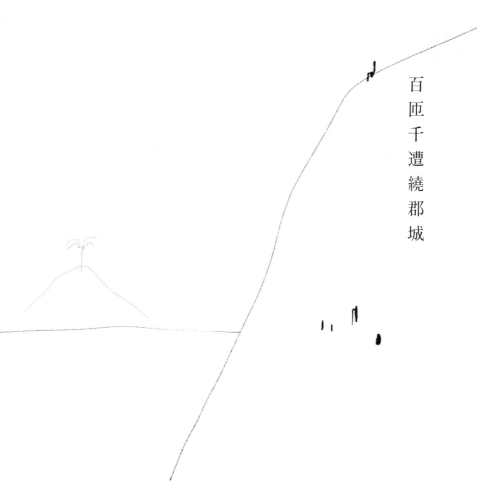

第 八 章

百匝千遭繞郡城

現在的海南島是著名的旅遊勝地，但是在古代，位於中國最南端的崖州，因為地處天涯海角，失敗的政客們很難東山再起，所以這裏就成了理想的流放之地。先後貶逐到這裏的歷朝歷代的朝廷官員有 40 多人，僅皇子、宰相和內閣大臣就多達 14 人。唐朝就有著名的唐高祖第十九子李靈夔、唐相韋執誼、李德裕等人。因為氣候炎熱、仕途失意、生活艱難，他們的詩歌往往充滿感傷低沉之情，景色也多是蕭瑟悲涼之氣，全然見不到今天碧水藍天的旅遊勝地氣息。

謫嶺南道中作

嶺水爭分路轉迷①，桄榔椰葉暗蠻溪②。③

愁衝毒霧逢蛇草④，畏落沙蟲避燕泥⑤。

五月畬田收火米⑥⑦，三更津吏報潮雞⑧⑨。

不堪腸斷思鄉處⑩，紅槿花中越鳥啼。

李德裕

注釋

❶ 嶺水爭分：指五嶺一帶山勢高峻，水流湍急，支流岔路很多。

❷ 桄榔：棕櫚科常綠喬木，生於中國海南、廣西及雲南西部至東南部。

❸ 蠻溪：泛指嶺南的溪流。

❹ 毒霧：古人常稱南方有毒霧，人中了毒氣會死去，大概是瘴氣。

❺ 沙蟲：古人傳說南方有一種叫沙虱的蟲，色赤，進入人的皮膚能使人中毒死亡。

❻ 畬（shē）田：用火燒掉田地裏的草木，然後耕田種植。

❼ 火米：指赤谷米。

❽ 津吏：管理擺渡的人。

❾ 潮雞：《輿地志》說：「移風縣有雞……每潮至則鳴，故稱之『潮雞』。」

❿ 紅槿花：落葉小灌木，花有紅、白、紫等顏色。

背景

　　李德裕（公元 787～850 年），字文饒，趙郡贊皇（今河北贊皇）人，晚唐政治家、文學家。牛李黨爭中李黨領袖，中書侍郎李吉甫次子。他歷仕憲宗、穆宗、敬宗、文宗四朝，武宗繼位後，李德裕拜相，執政五年，功績顯赫，被拜為太尉，封衞國公。武宗與李德裕的君臣相知也成為晚唐絕唱。宣宗繼位後，李德裕因位高權重，黨爭傾軋，五貶為崖州司戶。大中三年（公元 850 年）十二月在崖州病逝。李德裕死後，歷朝歷代對他都評價很高。李商隱在為《會昌一品集》作序時將其譽為「萬古良相」，近代梁啟超甚至將他與管仲、商鞅、諸葛亮、王安石、張居正並列，稱他是中國六大政治家之一。

　　這首詩大約作於大中（公元 847～849 年）年間，是李德裕在

唐宣宗李忱即位後貶嶺南時所作。大中元年（公元 847 年）秋，李德裕為政敵所排擠、被貶，以太子少保身份留守東都洛陽，不久再貶潮州司馬。大中二年（公元 848 年）冬，李德裕剛抵達至潮陽，旋踵之間貶書又到，這次以謬斷刑獄等罪名又被貶為崖州司戶。大中三年（公元 849 年）正月抵達珠崖郡。這首詩便是他在貶官途中所作。

傳說宣宗繼位後，李德裕以太子少保之職，分司東都事務，曾向一個僧人探問前程。僧人說他會遭貶南行萬里，但還能回還，並道：「相公命中注定要吃一萬隻羊，現在還差五百沒吃完，所以一定能夠回來。」李德裕歎道：「師傅真是神人。我在元和年間，曾做夢走到晉山，看見滿山都是羊羣，有幾十個牧羊人對我說，這是給侍御吃的羊啊！我一直記着這個夢，沒有告訴過別人！」十幾日後，振武節度使米暨遣使前來，饋贈他五百隻羊。李德裕大驚，將此事告知僧人，道：「這些羊我不吃，可以免禍嗎？」僧人道：「羊已經送到，已是歸你所有。」不久，李德裕果然被貶到萬里之外的崖州，並死在那裏。後人便使用「食萬羊」表示聽天由命，不必強求富貴。

旅遊看點

嶺南　原是唐代行政區嶺南道之名，相當於現在廣東、廣西、海南全境及曾經屬於中國皇朝統治的越南紅河三角洲一帶。由於歷代行政區劃的變動，現在提及嶺南一詞，特指廣東、廣西、海南、香港、澳門三省二區。嶺南古為百越之地，是百越族居住的地方，秦末漢初，它是南越國的轄地。所謂嶺南是指五嶺之南，五嶺由越城嶺、都龐嶺、萌渚嶺、騎田嶺、大庾嶺五座山組成。大體分佈在廣西東部至廣東東部和湖南、江西五省區交界處。廣東、廣西是嶺南文化發源地。從地域上來說，嶺南文化大體分為廣東文化、桂系文化和海南文化三大塊。嶺南建築及其裝飾是中國建築之林中的奇葩，以其簡練、樸素、通透、雅淡的風貌展現在南國大地上。嶺南園林作為中國傳統造園藝術的三大流派之一，在中國造園史上有着非常重要的意義，特別是在現代園林的創新和發展上，有着舉足輕重的作用。嶺南畫派是嶺南文化極具特色的祖國優秀文化之一，它和粵劇、廣府音樂被稱為「廣府三秀」。嶺南飲食文化以山珍、海味、糧食、蔬菜、水果等為食料，具有濃重的地方特色。

五嶺　指越城嶺、都龐嶺、萌渚嶺、騎田嶺、大庾嶺。五嶺地處廣東、廣西、湖南、江西、福建五省區交界處，是中國江南最大的橫向構造帶山脈，是長江和珠江二大流域的分水嶺。長期以來，作為天然屏障，五嶺山脈阻礙了嶺南地區與中原的交通與經濟聯繫，使嶺南地區的經濟、文化遠不及中原地區，被北人稱為「蠻夷之地」。自唐朝宰相張九齡在大庾嶺開鑿了梅關古道以後，五嶺地區才得到逐步開發。古代將五嶺作為劃分行政區界的地物標誌，五嶺山脈以南的地區稱作嶺南，主要是指廣東、廣西地區。毛澤東《長征》中曾寫道「五嶺逶迤騰細浪，烏蒙磅礴走泥丸」，可見五嶺的巍峨壯觀。其中大庾嶺位於江西與廣東兩省邊境，是珠江水系的湞水與贛

江水系的章水的分水嶺。原古道經庾嶺之山脊築有一雄關,即大梅關。1200 多年前,張九齡奉詔在梅嶺劈山開道,僅用 2 個多月時間,開通了一條寬一丈餘,長三十多華里的山間大道,成為長江與珠江相連的黃金通道,成為中國古代經濟往來的水路、陸路對接點,和文化交流的重要通道。大梅關現尚存有數里的石板古驛道,道旁多梅樹,亦稱「梅嶺」,為著名的賞梅之地。梅關的關樓坐落於梅嶺隘口分水嶺南 25 米處,為磚石結構,東西橫臥,緊連山崖,關門南北上方分別鑲嵌着石刻匾額,北面書「南粵雄關」,南面書「嶺南第一關」,為明朝萬曆南雄知府蔣傑題。關隘北面的「梅關」二字出自清康熙南雄知府張鳳翔之手。

登崖州城作

獨上高樓望帝京，
鳥飛猶是半年程②。
青山似欲留人住③，
百匝千遭繞郡城④。

李德裕

① 猶：尚且，還。

② 程：路程。

③ 百匝（zā）千遭：形容山重疊綿密。匝，環繞一周叫一匝。遭，
四周。

④ 郡城，指崖州治所。

　　李德裕是傑出的政治家，可惜宣宗李忱繼位之後，白敏中、令
狐綯當國，一反會昌時李德裕所推行的政令。李德裕成為與他們勢
不兩立的被打擊、陷害的主要對象。他晚年連遭三次貶謫。其初外
出為荊南節度使；不久，改為東都留守；接着左遷太子少保，分司
東都；再貶潮州司馬；最後，他被逐到海南，貶為崖州司戶參軍。
大中三年（公元 849 年）正月，詩人抵達崖州。作此詩時他已年過
六旬，但仍心繫國事。此詩便是這樣的背景之下寫成的。

　　李德裕在任時，愛才若渴，常提拔出身貧寒的讀書人，深受愛
戴。他貶官崖州時，有人作詩懷念：「八百孤寒齊下淚，一時南望李
崖州。」後人便用「八百孤寒」形容人數眾多、處境貧寒的讀書人。

旅遊看點

崖州　是海南省三亞市四個市轄區之一，位於海南省三亞市西部。原名崖城鎮。自南北朝起建制崖州，唐代的崖州最早在海南西部，後來遷往海南北部。宋朝以來歷代的州、郡、縣治均設在三亞市崖州鎮。從唐朝起不少官員被流放至此。單是副宰相以上的大官重臣就有 14 人，因此崖城又有「幽人處士家」之稱。歷代文人墨客、聖賢學者、達官名士的流沛謫居，廣東、浙江、福建等發達地區的商賈留居落籍，對崖州城的興盛具有重要的影響。　到了明代時，崖州已具有「弦誦聲黎民物庶，宦遊都道小蘇杭」的盛況。原古城有東、西、南三門。現存南門，是唯一殘存的崖州古城真跡。在崖城還有聞名海內外的風景區大小洞天，其形如巨鼇，枕海壁立，峯巒競秀，林木重疊，山奇石怪，千姿百態，綠榕垂蔭，紅豆如星，泉清似醴。明朝時曾在此建有「鼇山書院」，崖城鎮現為三亞唯一的歷史文化名鎮，現存的歷史文化遺產眾多。有省級文物保護單位 1 個，即中國最南端的孔廟—崖城學宮；市級文物保護單位 13 個，如盛德堂、廣濟橋、迎旺塔等；書院、公館、會館、廟宇、名人故居和重要建築 50 多座，如鼇山書院、三姓義學堂、何秉禮故居、廖永瑜故居、孫氏宗祠等；新石器遺址 7 個，如河頭遺址、卡巴嶺遺址等；古城牆和歷史文化遺跡地 20 個，如鍾芳故里、相公廳、鑒真和尚登陸地、黃道婆崖城居住地等；民國時期歷史騎樓街區，轎夫、牌坊騎樓街區等；紅色歷史紀念地，如崖城革命歷史紀念碑等。境內的崖州灣與三亞市的亞龍灣、大東海、三亞灣、海棠灣並稱為「三亞五大名灣」。

三亞　位於海南島的最南端，是具有熱帶海濱風景特色的國際旅遊城市，中國海濱城市，是中國空氣質量最好的城市之一。三亞市別稱鹿城，又被稱為「東方夏威夷」，擁有海南島最美麗的海濱風光。

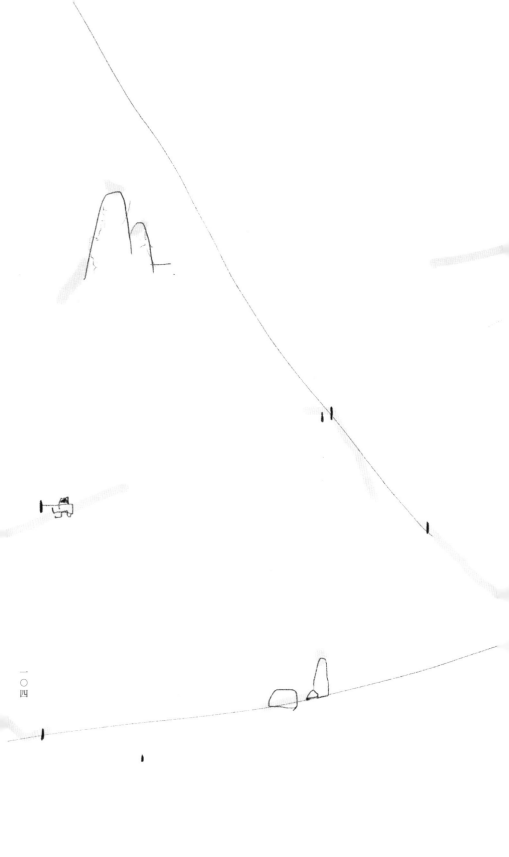

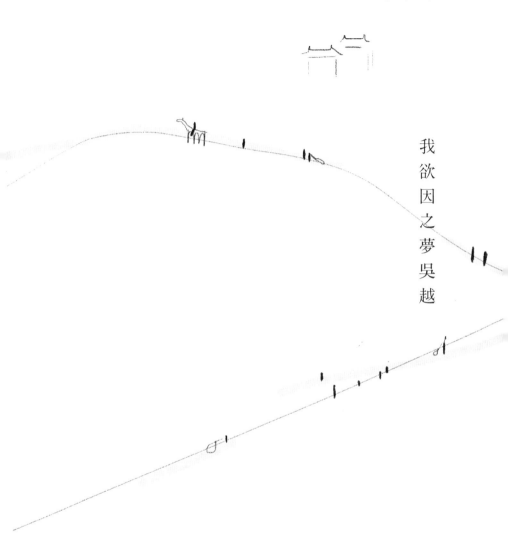

我欲因之夢吳越

東南形勝，山川秀麗，物產豐饒，尤其自隋唐之後，隨着海上絲綢之路的開通，吳、越、閩等地的經濟、文化發展也日新月異。靈山秀水加諸市井繁華，自然會讓唐代那些以詩歌為業的才子們心馳神往，魂牽夢縈。於是他們自長安、自巴蜀、自齊魯……紛紛啟程，踏上各自的尋夢之旅。從西湖水到雁蕩山，自靈隱寺到越王台，由若耶溪至松洋洞……處處用他們的錦心繡口為江山增輝，讓我們在千年之後依然想追隨他們的行跡，重走海上絲綢之路，由此體會其間無限的詩意與美好。

觀浙江濤①

浙江悠悠海西綠，
驚濤日夜兩翻覆。
錢塘郭裏看潮人②，
直至白頭看不足。③

徐凝

❶ 浙江濤：浙江即錢塘江。浙江濤，即錢塘江潮。

❷ 郭裏：城裏。

❸ 不足：不夠，不盡興。

背景

　　長慶二年（公元 822 年），白居易五十歲，主動從中書舍人轉任杭州刺史。生於洛陽的白居易酷愛牡丹，此時正逢僧人惠澄將牡丹花從京師移植到杭州開元寺。徐凝從浙東來到江南文化中心杭州，在開元寺題下「含芳只待舍人來」，如願以償地得見白居易，邀與同飲，盡醉而歸。白居易前後在杭州待了不過二十個月。這不短不長的長慶年間，徐凝便也留在杭州等待機會，他寫下了多首記錄當地風物生活的詩句，《觀浙江濤》便是其中的一首。

　　據說白居易之所以青睞徐凝，是因為徐凝的《廬山瀑布》「虛空落泉千仞直，雷奔入江不暫息。今古長如白練飛，一條界破青山色」，令滿座為之傾倒，白居易更是驚呼「賽不得」。誰料兩百多年後，蘇軾遊廬山時，因為太喜愛李白神作「飛流直下三千尺，疑是銀河落九天」，戲作一絕「帝遣銀河一派垂，古來惟有謫仙詞。飛流濺沫知多少，不與徐凝洗惡詩」，而把徐凝大大取笑了一番。

錢塘江　古稱浙，全名「浙江」，又名「折江」「之江」「羅刹江」，一般將浙江富陽段稱為富春江，浙江下游杭州段稱為錢塘江。錢塘江名最早見於《山海經》，因流經古錢塘縣（今杭州）得名，是吳越文化的主要發源地之一。錢塘江是浙江省最大的河流，宋代兩浙路的命名來源，也是明初浙江省成立時的省名來源。以北源新安江起算，河長 588.73 公里；以南源衢江上游馬金溪起算，河長 522.22 公里。自源頭起，流經今安徽省南部和浙江省，流域面積 55058 平方公里，經杭州灣注入東海。

錢塘潮　是世界三大湧潮之一，被譽為「天下第一潮」，是一大自然奇觀，它是天體引力和地球自轉的離心作用，加上杭州灣喇叭口的特殊地形所造成的特大湧潮。觀賞錢塘秋潮，早在漢、魏、六朝時就已蔚然成風，至唐、宋時，此風更盛。相傳農曆八月十八日是潮神的生日，故潮峯最高。南宋朝廷曾規定，這一天在錢塘江上校閱水師，以後相沿成習，八月十八逐漸成為觀潮節。觀潮之日，路上車如水流，人如潮湧。實際上，錢塘秋潮一直處於變化中。由於潮勢最盛之處的變化，人們的觀潮地點也隨之改動。唐宋時的觀潮點在杭州以上折成直角的河段。明朝以後，海寧的鹽官鎮左近始成為觀潮勝地。海寧成為觀潮勝地，這與海寧獨特的地理條件有關。錢塘江到杭州灣，外寬內窄，外深內淺，是一個典型的喇叭狀海灣。出海口東面寬達 100 公里，到海寧鹽官鎮一帶時，江面只有 3 公里寬。起潮時，寬深的灣口一下吞進大量海水，由於江面迅速收縮變窄，奪路上湧的潮水來不及均勻上升，便後浪推前浪，形成了陡立的水牆。

浪淘沙[1]

八月濤聲吼地來，[2]
頭高數丈觸山回。
須臾卻入海門去，[3]
捲起沙堆似雪堆。

劉禹錫

❶ 浪淘沙：原為唐代教坊曲名，後被劉禹錫、白居易等改創為詩題、詞牌。

❷ 八月濤：浙江省錢塘江潮，每年農曆八月十八日潮水最大，潮頭壁立，洶湧澎湃，猶如萬馬奔騰，蔚為壯觀。

❸ 須臾：表示一段很短的時間，片刻之間。

背景

　　這首詩選自劉禹錫組詩《浪淘沙》。此組詩為劉禹錫後期所作，且非創於一時一地。據詩中所涉黃河、洛水、汴水、清淮、鸚鵡洲、濯錦江等，或為輾轉於夔州、和州、洛陽等地之作，後編為一組。與此前的《竹枝詞》相比，此組詩中民歌情味減少，文人氣息增多。我們選的這首是組詩中的第七首，寫的是八月十八日的錢塘江潮。

旅遊看點

錢塘秋潮 聞名國內外，早在唐宋就已盛行。觀潮之日，在農曆八月十八日前後幾天，此時的錢塘江兩岸，人山人海。大潮來時，有三層樓高的水牆呼嘯而來，具有排山倒海的氣勢，並伴以雷鳴般的呼嘯聲，人們通常稱這種潮為「怒潮」。不同的地段，可賞到不同的潮景：塔旁觀「一線潮」，八堡看「匯合潮」，老鹽倉可賞「回頭潮」。此外，錢塘秋潮還有日夜之分。白天觀潮，視野廣闊，一覽怒潮全景，自是十分有趣，而皓月當空時觀賞夜潮，也有別樣的景致和妙處。

潮神伍子胥 民間傳說，錢塘江之所以發怒漲潮，是因為伍子胥冤魂不散，怒氣難消，才驅海為浪。伍子胥，春秋末期楚國人。因其父兄受人讒害，被楚平王殺害，從楚國逃到吳國，成為吳王闔閭重臣。吳國倚重伍子胥等人之謀，成為諸侯一霸。公元前 496 年，闔閭與越王勾踐大戰，卻被越王勾踐打敗，闔閭在戰鬥中受傷，臨死前叮囑兒子夫差勿忘殺父之仇。夫差繼位後打敗了越國，越王勾踐投降，伍子胥認為應一舉消滅越國，但是夫差聽信伯嚭的讒言，不但不聽，反而認為伍子胥有謀反之心，便派人送一把寶劍給伍子胥，令其自盡。伍子胥自殺前對門客說：「請將我的眼睛挖出置於東門之上，我要看着吳國滅亡。」吳王夫差聽了很憤怒，就讓人在端午節這天，把伍子胥的屍體用馬皮裹着，扔到錢塘江餵魚去了。吳國老百姓為伍子胥的死感到痛惜，敬仰其忠烈，於是尊他為潮神，並且在錢塘江邊的吳山上為他蓋了一座廟，立墳墓，歷代祭祀。現祠廟被毀，墓已重建。

（三）

杭州春望

望海樓明照曙霞①，護江堤白踏晴沙②。
濤聲夜入伍員廟③，柳色春藏蘇小家④。
紅袖織綾誇柿蒂⑤⑥⑦，青旗沽酒趁梨花⑧⑨。
誰開湖寺西南路，草綠裙腰一道斜。

白居易

注釋

❶ 望海樓：作者原注云：「城東樓名望海樓。」

❷ 堤：即白沙堤。

❸ 伍員廟：伍員即伍子胥，春秋時楚國人。其父兄皆被楚平王殺害。伍員逃到吳國，佐吳王闔閭打敗楚國，又佐吳王夫差打敗越國，後因受讒毀，為夫差所殺。民間傳說伍員死後封為濤神，錢塘江潮為其怨怒所興，因稱「子胥濤」。歷代立祠紀念，為伍公廟。

❹ 蘇小：即蘇小小，為南朝錢塘名伎。西湖西泠橋畔舊有蘇小小墓。

❺ 紅袖：指織綾女。

❻ 柿蒂：「杭州出柿蒂，花者尤佳也。」南宋吳自牧的《夢粱錄》卷一八說：「杭土產綾曰柿蒂、狗腳……皆花紋特起，色樣織造不一。」

❼ 青旗：指酒鋪門前的酒旗。

❽ 沽酒：買酒。

❾ 梨花：酒名。作者原注云：「其俗，釀酒趁梨花時熟，號為『梨花春』。」此句與上句皆寫杭州的風俗特產，誇耀杭州產土綾「柿蒂」花色好，市民趁在梨花開時飲梨花春酒。

背景

　　白居易自穆宗長慶二年（公元 822 年）秋至長慶四年（公元 824 年）春任杭州刺史，在任期間大力疏浚西湖，修築湖堤，整治西湖引水井，閑暇時常到湖上尋幽探勝，寫下了大量詩篇，此詩即作於此期間。

　　白居易在杭州前後三年，實際不過二十個月，就在這短短的時間裏，他不辭勞苦，疏浚六井，出入山川，走街穿陌，深入民間，

考察杭州的山川地勢、民俗風情、名勝古蹟，寫出了不少歌頌杭州和西湖的好詩。在他的影響下，杭州和西湖的名聲日益顯赫。當他任滿離杭時，對杭州和西湖依然眷戀不捨：「未能拋得杭州去，一半勾留是此湖。」

旅遊看點

蘇小小墓　即慕才亭，位於杭州西湖西泠橋畔。在西湖景區內的所有景點中，蘇小小墓的知名度尤高，在杭州可謂家喻戶曉。蘇小小，南朝齊時著名歌伎。家住錢塘（今浙江杭州），貌絕青樓，才技超羣，號稱「錢塘第一名伎」。蘇小小自小能書善詩，文才橫溢，但不幸幼年父母雙亡，寄住在錢塘西泠橋畔的姨母家。她雖身為歌伎，卻很自愛，不隨波逐流。蘇小小十分喜愛西湖山水，自製了一輛油壁車，遍遊湖畔山間。十九歲時咯血而死，葬於西泠橋畔。後人在她的墓上覆建慕才亭，為來弔唁的人遮蔽風雨。

伍員廟　即伍公廟，位於杭州市吳山東南角。春秋時，吳國大夫伍子胥因忠諫被讒而死，百姓立祠祭祀，至今已兩千餘年。歷史上伍公廟屢毀屢建，目前所存伍公廟為清代遺存，為杭州市文物保護點。整修後的伍公廟為民居式建築，面積 844 平方米，形成以神馬門、御香殿、寢殿為主體的三進式完整建築佈局。神馬門兩側立伍公廟重修碑記和伍公廟前言，御香殿兩側佈置四幅線刻古圖。兩側廂房分別陳列着表現伍子胥生平故事的 12 幅連環畫。正殿中央設神龕，上置伍子胥大夫像，為香樟木圓雕彩繪，神龕前有樟木雕元寶座，兩側分立歷代對伍子胥六次封祀祭文。潮神殿中間石雕水浪樣

式基座上立潮神伍子胥青銅像，背景為「素車白馬」深浮雕石刻，兩側有十八路潮神仿古壁畫。伍公廟設計風格樸素大氣，其建築風格和周邊環境和諧一致，渾然一體。

杭州　簡稱「杭」，浙江省省會，位於中國東南沿海、浙江省北部、錢塘江下游、京杭大運河南端，是浙江省的政治、經濟、文化、教育、交通和金融中心，長江三角洲城市羣中心城市之一、長三角寧杭生態經濟帶節點城市。杭州自秦朝設縣治以來已有 2200 多年的歷史，曾是吳越國和南宋的都城，是中國八大古都之一。杭州因風景秀麗，素有「人間天堂」的美譽。杭州人文古蹟眾多，西湖及其周邊有大量的自然及人文景觀遺跡。其中具有代表性的獨特文化有西湖文化、良渚文化、絲綢文化、茶文化，以及流傳下來的許多故事傳說，它們是杭州文化的代表。

（四）

錢塘湖春行①

孤山寺北賈亭西②，水面初平雲腳低④。

幾處早鶯爭暖樹⑤，誰家新燕啄春泥。

亂花漸欲迷人眼，淺草才能沒馬蹄⑥。

最愛湖東行不足⑥，綠楊陰裏白沙堤⑦。

白居易

一一六

注釋

① 錢塘湖：即杭州西湖。

② 孤山寺：南北朝時期陳文帝初年建，名承福，宋時改名廣華。孤山，在西湖的裏、外湖之間，因與其他山不相接連，所以稱孤山。

③ 賈亭：唐德宗貞元年間賈全在杭州做刺史時，於西湖建亭，又稱賈公亭。

④ 雲腳低：白雲重重疊疊，同湖面上的波瀾連成一片，看上去，浮雲很低，所以說「雲腳低」。

⑤ 暖樹：向陽的樹。

⑥ 不足：不厭倦。

⑦ 白沙堤：即白堤，又稱沙堤、斷橋堤。後人誤為白居易所建。其實白氏所築之堤在錢塘門外自石雨橋北至武林門外一段，是另一條。

背景

　　錢塘湖是杭州西湖的別名，《錢塘湖春行》是白居易於長慶三年（公元 823 年）春所寫的一首七言律詩。自唐代始，西湖一直是遊覽勝地，白居易少年時就神往西湖。唐穆宗長慶二年（公元 822 年）七月，白居易由忠州刺史改任杭州刺史。第二年（公元 823 年）春天剛剛來臨，大地稍露些許春的氣息，白居易就迫不及待地來到西湖邊遊賞，終於實現了少年時的心願。這首詩描繪了西湖美麗的春光和勃勃的生機，體現出作者對春天的欣悅之情。

　　中國歷史上，在杭州任刺史或知州的不乏名人，不過，最有名的要算是唐朝和宋朝的兩位大文豪白居易和蘇東坡了。他們不但在杭州任上留下了讓後人敬仰的政績，而且也流傳下許多描寫杭州及西湖美景的詩詞文章與傳聞逸事，所以又有人稱他們為「風流太守」。

西湖 位於浙江省杭州市西面，是中國首批國家重點風景名勝區和中國十大風景名勝之一。它是中國內地主要的觀賞性淡水湖泊之一，也是現今《世界遺產名錄》中少數幾個和中國唯一的湖泊類文化遺產。西湖三面環山，面積約 6.39 平方公里，東西寬約 2.8 公里，南北長約 3.2 公里，繞湖一周近 15 公里。湖面被孤山、白堤、蘇堤、楊公堤分隔，按面積大小分別為外西湖、西里湖、北里湖、小南湖及岳湖等五片水面，蘇堤、白堤越過湖面，小瀛洲、湖心亭、阮公墩三個小島鼎立於外西湖湖心，夕照山的雷峯塔與寶石山的保俶塔隔湖相映，由此形成了「一山、二塔、三島、三堤、五湖」的基本格局。西湖美景數不勝數，景點主要有蘇堤春曉、斷橋殘雪、平湖秋月、雷峯夕照等「西湖十景」。2007 年，杭州市政府進行「三評西湖十景」和名稱徵集，靈隱寺等一批景點入圍，由此評出了「新西湖十景」，即靈隱禪蹤、六和聽濤、岳墓棲霞、湖濱晴雨、錢祠表忠、萬松書緣、楊堤景行、三台雲水、梅塢春早、北街夢尋。

白堤 原名「白沙堤」，是連接杭州市區與風景區的紐帶，東起「斷橋殘雪」，經錦帶橋向西，止於「平湖秋月」，長約 2 里。在唐即稱白沙堤、沙堤，其後在宋、明又稱孤山路、十錦塘。白堤橫亘湖上，把西湖劃分為外湖和裏湖，並將孤山和北山連接。唐代詩人白居易任杭州刺史時有詩云：「最愛湖東行不足，綠楊陰裏白沙堤。」即指此堤。後人為紀念這位詩人，稱此堤為白堤。白堤寬闊而敞亮，靠湖邊密植垂柳，外層是各色的桃花，回望羣山含翠，湖水塗碧，如在畫中遊。白堤的風景四季分明：春桃夏柳，秋桂冬雪，獨具風采。

靈隱寺

鷲嶺鬱岧嶢①，龍宮鎖寂寥②③。

樓觀滄海日，門對浙江潮④。

桂子月中落，天香雲外飄⑤。

捫蘿登塔遠，刳木取泉遙⑥。

霜薄花更發，冰輕葉未凋。

夙齡尚遐異⑦，搜對滌煩囂。

待入天台路⑧，看余度石橋⑨。

宋之問

❶ 鷲嶺：即飛來峯，在靈隱寺門外。這裏指重重疊疊。

❷ 岧嶢（tiáo yáo）：山高而峻峭。這裏指峯巖。

❸ 龍宮：泛指靈隱寺的宮殿。這句是說靈隱寺裏的宮殿大門緊閉，空蕩蕩的，寂靜無聲。

❹ 樓觀滄海日，門對浙江潮：這兩句是說站在靈隱寺的層樓上，可以望見海上日出，而靈隱寺的大門正對着澎湃的錢塘江潮。

❺ 桂子月中落：古代傳說月亮裏有一棵五百丈高的桂樹，吳剛用斧頭不停地砍伐，創痕隨砍隨合。靈隱寺裏種了不少桂樹，而且寺廟地勢較高，所以從這些桂樹聯想到月中桂樹。天香，指桂花香。這兩句是說，當時正是秋天，桂花的香氣飄得很遠。

❻ 捫：摸。刳（kē）即剖開、挖空。這兩句是說，抓住藤蘿往山上爬去，攀登遠處的古塔，用木槽引來山上的清泉。

❼ 夙齡：年輕的時候。

❽ 天台路：到天台山去的路。天台山在浙江省天台縣北，風景絕幽。相傳漢朝時有劉晨、阮肇入天台山，採藥遇仙。

❾ 石橋：據古書記載，天台山楢溪上有石橋，寬不到一尺，長數十丈，下臨絕澗。

　　宋之問以律詩見長，其作品大多是粉飾現實、點綴太平的「應制」之作，但他的詩講究聲律、對偶和辭藻，在唐詩的發展上產生過影響。《全唐詩》錄存他的詩三首。

　　這首詩是宋之問遊靈隱寺時所寫。「樓觀滄海日，門對浙江潮」一聯，為傳誦的名句。在宋之問的作品中，像這樣有氣魄的句子是絕無僅有的，所以有傳說認為，從這一聯起到篇末都是隱遁為僧後的駱賓王續作，而不是宋之問寫得出來的詩句。這說明過去有些人對於駱賓王的人品和詩才很佩服，而不大瞧得起宋之問。

旅遊看點

靈隱寺　又名雲林禪寺，為全國重點文物保護單位。位於西湖西北面，背靠北高峯，面朝飛來峯。靈隱寺始建於東晉咸和元年（公元326年），開山祖師為西印度僧人慧理和尚。宋寧宗嘉定年間，靈隱寺被譽為江南禪宗「五山」之一。清康熙二十八年（公元1689年），康熙帝南巡時，賜名「雲林禪寺」，取「仙靈所隱」之意。現在的靈隱寺是在清末重建基礎上陸續修復再建的，寺廟佔地面積約87000平方米。靈隱寺佈局與江南寺院格局大致相仿，全寺主要由天王殿、大雄寶殿、藥師殿為中軸線，兩邊附以五百羅漢堂、濟公殿、華嚴閣、大悲樓、方丈樓等建築構成。

飛來峯　位於靈隱寺景區內，又名靈鷲峯，山高168米，山體由石灰巖構成。飛來峯由於長期受地下水溶蝕作用影響形成了許多奇幻多變的洞壑，洞洞有來歷，極富傳奇色彩。據記載，飛來峯過去有72洞，但因年代久遠，多數已湮沒。現僅存的幾個洞大都集中在飛來峯東南一側。作為禪宗五山之首，飛來峯石刻造像是中國南方石窟藝術的代表，這些雕琢於石灰巖上的佛像時代跨度從五代十國至明，在470多尊造像中，保存基本完整的有335尊，妙相莊嚴，彌足珍貴。其中年代最早的是青林洞入口處的彌陀、觀音、大勢至三尊佛像，為公元951年（北漢乾祐四年）所造。而盧舍那佛浮雕造像則是北宋造像藝術精品，其中大肚彌勒和18羅漢羣像為飛來峯摩崖石刻中最大的造像，也是國內最早的大肚彌勒造像。佛像雕刻生動傳神，坐於佛龕中的大肚彌勒袒胸鼓腹跣足屈膝，手持數珠，開懷大笑，將「容天下難容之事，笑天下可笑之人」的形象刻畫得淋漓盡致。周圍十八羅漢也是神情各異，細緻生動。對於飛來峯的名稱來歷，最著名的當屬濟公的故事。相傳有一天，靈隱寺的濟公和尚算知有一座山峯就要從遠處飛來，那時靈隱寺前是個村莊，濟公

怕飛來的山峯壓死人，就奔進村裏勸大家趕快離開。村裏人因平時看濟公瘋瘋癲癲愛捉弄人，以為這次又是尋大家開心，因此沒人聽他的話。眼看山峯就要飛來，濟公急了就衝進一戶娶新娘的人家，背起正在拜堂的新娘子就跑。村人見和尚搶新娘，就都呼喊着追了出來。正追着，忽聽風聲呼呼，天昏地暗，「轟隆隆」一聲，一座山峯飛降靈隱寺前，壓沒了整個村莊。人們這才明白濟公搶新娘是為了拯救大家，於是就把此山峯稱為「飛來峯」。

宿 建 德 江 ❶

移舟泊煙渚❷，
日暮客愁新❸。
野曠天低樹❹，
江清月近人❺。

孟浩然

❶ 建德江：新安江流經建德縣（今浙江建德）的一段。
❷ 煙渚：暮煙籠罩中的小洲。
❸ 客愁新：又新添了客中的愁思。
❹ 野曠天低樹：因為樹木凋零，曠野便愈見其曠，天地好像也比樹低。這都是從船窗裏看到的。
❺ 月：指江中月影。

背景

　　這是一首抒寫羈旅之思的詩。孟浩然於唐玄宗開元十八年（公元 730 年）離鄉赴洛陽求仕，結果失敗了，於是滿懷失意漫遊吳越，藉以排遣仕途失意的悲憤。日暮時分，作者旅泊江邊時寫下了這首詩。

　　詩中「野曠天低樹，江清月近人」所描述的景色在水鄉坐過船的人，可能都會有這種感覺。詩裏沒有用秋字，但野曠加上江清，秋色就縈繞在讀者眼前了。

旅遊看點

新安江　又稱徽港，發源於安徽徽州（今黃山市）休寧縣境內，東入浙江省西部，經淳安至建德與蘭江匯合後為錢塘江幹流桐江段、富春江段，東北流入錢塘江，是錢塘江正源。1985 年浙江省錢塘江河源河口調查考察確認新安江全長 373 公里，主要河段為新安江庫區，主要支流有桐溪、六都源、鳩坑源、梓桐源、雲源港、清平源和商家源。得益於新安江支流繁多，水量充沛，地理位置得天獨厚

的天然優勢，1960 年，我國第一座自行設計、自制設備、自己施工建造的大型水力發電站 —— 新安江水電站建成。1958 年，因建新安江水電站水庫蓄水，原淳安縣治賀城、遂安縣治獅城被碧波湧濤吞沒成水域，形成了今天聞名海內外的世界三大千島湖之一。新安江素以水色佳美著稱。沿江有白沙大橋、朱池、落鳳山、千島湖、梅城、劉長卿別墅、雙塔凌雲、新安江水庫等勝跡。新安江作為國家級風景名勝區，向有「奇山異水，天下獨絕」之稱。

大慈巖 位於建德市南面 24 公里處，是佛教文化和秀麗山水完美結合的旅遊勝地，素有「浙西小九華」之譽，為「浙江省風景名勝區優秀景點」。大慈巖以「江南懸空寺、長谷溪流、全國第一天然立佛」聞名遐邇。主殿寺廟地藏王大殿依山建於高 3 米、長 60 米、寬 20 米的洞穴中，一半凌駕懸空，一半嵌入巖腹，頗為奇險壯觀，與山西恆山懸空寺有異曲同工之妙，故稱為「江南懸空寺」。新建的另一寺廟清風閣凌空構架於懸崖峭壁之上，遠近山川盡收眼底。今人所鑿之「天棧雲渡」，沿斷崖因勢佈局，為一石欄相續延伸的長廊，憑欄俯視，有「足底懸崖恐欲崩」之感。大慈巖的又一特色是長谷溪流。大慈巖山高坡陡，山頂谷中有玉華湖，水從谷口中流出，或因大石擋道成溪流，或奔騰直瀉成瀑布，或滲於亂石叢中成泉水，曲曲折折直至山腳，形成一條 800 多米長的山水相映的秀麗景觀。大慈巖的另一特色是全國最大的天然立佛。從側面看，整個大慈巖主峯就是一尊地藏王菩薩的立像。它身高 147 米，其中頭部高 41.3 米，寬 60 米，由奇石、怪洞、草木和諧地組合成大佛的五官，惟妙惟肖，形象逼真。經旅遊專家鑒定，此佛已被命名為「全國最大天然立佛」，被譽為「中華一絕」。大慈巖也因「山是一尊佛，佛是一座山」的稀有自然景觀而名揚四海，載入「中國之最」。

（七）

春泛若耶溪

幽意無斷絕，此去隨所偶①
晚風吹行舟，花路入溪口②
際夜轉西壑③，隔山望南斗②
潭煙飛溶溶④，林月低向後
生事且彌漫⑤，願為持竿叟。

綦毋潛

注釋

❶ 幽意：歸隱之心。

❷ 際夜：傍晚時分。

❸ 潭煙：水汽。

❹ 溶溶：形容氣霧柔和迷離。

❺ 彌漫：渺茫無盡之意。

背景

綦（qí）毋潛（公元 692 ？～756 ？年），字孝通，虔州（今江西南康）人。約開元十四年（公元 726 年）前後進士及第，授宜壽（今陝西周至）尉、左拾遺，終官著作郎，安史之亂後歸隱，遊江淮一帶，後不知所終。綦毋潛才名盛於當時，其詩清麗典雅、恬淡適然，後人認為他詩風接近王維。《全唐詩》收錄其詩 1 卷，共 26 首，內容多為記述他與士大夫尋幽訪隱的情趣。

《春泛若耶溪》為綦毋潛的代表作，是一首寫春夜泛江的詩。開元二十一年（公元 733 年）冬，綦毋潛送詩友儲光羲辭官歸隱，受其影響，他也萌發了歸隱之志，便於當年年底離開長安，經洛陽，盤桓半年多，最後下定決心棄官南返。他先在江淮一帶遊歷，足跡幾乎遍及這一帶的名山勝跡。其間，又返回洛陽、長安謀求復官。後「安史之亂」爆發，他再度歸隱，仍遊於江淮一帶，寫下大量描寫山水風光的詩作，本首詩是其中的代表。

若耶溪　在紹興市東南，今名平水江，是紹興市區境內一條著名的溪流。溪畔青山疊翠，溪內流泉澄碧，兩岸風光如畫。相傳若耶溪有七十二支流，自平水而北，會三十六溪之水，流經龍舌，匯於禹陵，然後又分為兩股，一支西折經稽山橋注入鏡湖，一脈繼續北向出三江閘入海，全長百里。若耶溪源頭在若耶山，山下有一深潭，據說就是酈道元《水經注》中的「樵峴麻潭」。昔日潭址已沒入1964年建成的平水江水庫。若耶溪流經的平水鎮，以盛產珠茶聞名於世。據記載，早在兩千四百多年前，薛燭曾向越王獻策：「若耶之溪涸而銅出」。以後，歐冶子就在這裏鑄造寶劍。現在的平水銅礦附近，尚有鑄鋪山和歐冶大井遺址。富有詩情畫意的若耶溪，使歷代的文人雅士流連忘返。唐代孟浩然的「白首垂釣翁，新裝浣紗女」，李白的「若耶溪畔採蓮女，笑隔荷花共人語」，丘為的「一川草長綠，四時那得辨」等詩句，都生動地描繪了若耶溪兩岸的美麗風光。

溪口風景區　位於奉化江支流剡溪口，因此而得名。溪口東枕武山，西挹龜山，北倚白巖山，南向筆架山，羣山環翠，剡溪橫貫，山光水色，清秀幽勝，在漢代就有「海上蓬萊」之稱。景區集聚了民國文化、彌勒文化、山水文化、生態文化等全國一流且具有世界影響的高品位旅遊資源，是我國首批國家5A級旅遊景區和浙江十佳美景樂園之一，並被列為國家級森林公園。景區內主要有雪竇寺、豐鎬房、武山廟、文昌閣等景點。其中，雪竇寺已有1700年歷史，南宋寧宗時被列為天下「五山十剎」之一。雪竇寺外山門上「四明第一山」匾額為蔣介石親筆題寫，寺內有兩株漢代所植銀杏樹。相傳彌勒菩薩化身布袋和尚，常到雪竇寺講經弘法，因而雪竇寺被稱為「彌勒應跡聖地」，且雪竇寺天王殿和大雄寶殿之間特建有

一座「彌勒殿」。豐鎬房為蔣介石、蔣經國父子故居。1935 年經改造擴建，有房 49 間，佔地面積 4800 平方米，建築面積 1850 平方米。前廳後堂，兩廂四廊，樓軒相接，廊廡回環，朱柱赭壁，青瓦魚脊。前庭與左右有圓洞門相通，周栽銀杏 7 株，院中桂花老枝橫逸，濃蔭龍鬱。庭內精雕細繪，浮彩鏤金，富古典藝術風格，屋頂堆塑「三星高照」「雙龍搶珠」，左右五馬散牆，廊壁柱頭繪刻「八仙過海」「姜子牙釣魚」「文王求賢」等故事。1949 年溪口解放後，人民政府對蔣氏父子故居妥善保護，1980 年撥款整葺。

紹興　位於浙江省中北部、杭州灣南岸，氣候温暖濕潤，四季分明，是一座具有江南水鄉特色的文化和生態旅遊城市。紹興自春秋時期越國在此建立以來，已有 2500 多年建城史。紹興素稱「文物之邦、魚米之鄉」，是首批國家歷史文化名城、聯合國人居獎城市，中國優秀旅遊城市，中國民營經濟最具活力城市，也是著名的水鄉、橋鄉、酒鄉、書法之鄉、名士之鄉。著名的文化古蹟有蘭亭、大禹陵、魯迅故里、沈園、柯巖故居、蔡元培故居、周恩來祖居、秋瑾故居、馬寅初故居、王羲之故居、賀知章故居等；此外當地特色民俗元素還有烏篷船、烏氈帽；社戲、紹劇、越劇等，這些共同構成了古城紹興的文化元素。

（八）

越中①覽古

越王勾踐破吳歸②，
戰士還鄉盡錦衣③④。
宮女如花滿春殿⑤，
只今惟有鷓鴣飛⑥。

李白

注釋

❶ 越中：指會稽，春秋時代越國曾建都於此。故址在今浙江省紹興市。

❷ 勾踐破吳：春秋時期吳、越兩國爭霸。越王勾踐於公元前 494 年，被吳王夫差打敗，回到國內，臥薪嚐膽，誓報此仇。公元前 473 年，他果然把吳國滅了。

❸ 還鄉：一作還家。

❹ 錦衣：華麗的衣服。《史記‧項羽本紀》：「富貴不歸故鄉，如衣繡夜行，誰知之者？」後來演化成「衣錦還鄉」一語。

❺ 春殿：宮殿。

❻ 鷓鴣：鳥名。形似母雞，胸腹部有白圓點如珍珠，背毛有紫赤浪紋。叫聲淒厲，音如「行不得也哥哥」。

背景

本詩是一首懷古之作。當是唐玄宗開元十四年（公元 726 年）李白遊覽越中（今浙江紹興），有感於其地在古代歷史上所發生過的著名事件而寫下的。

在春秋時代，吳越兩國爭霸南方，成為世仇。從公元前 510 年吳正式興兵伐越起，吳越經歷了檇（zuì）李、夫椒之戰，十年生聚、十年教訓，以及進攻姑蘇的反覆較量，越終於在公元前 473 年滅了吳。此詩寫的就是這件事。

會稽山 又稱茅山、畝山，位於浙江紹興北部平原南部，佔地 5 平方公里，景區內有大禹陵，爐峯禪寺等名勝古蹟，最高峯為香爐峯。會稽山文化積澱深厚，南朝詩人王籍詠會稽山的詩句「蟬噪林愈靜，鳥鳴山更幽」傳誦千古。會稽山與我國古代開國聖君、治水英雄大禹有着不解的淵源，它是大禹娶妻、封禪的地方，同時也是大禹的陵寢所在地。

越王台 位於紹興市臥龍山的東南麓，是後人為了紀念越王勾踐臥薪嚐膽、報仇雪恥的事跡建造的。據《越絕書》記載：「越王台規模宏大，周六百二十步，柱長三丈五尺三寸，溜高丈六尺。宮有百戶，高丈二尺五寸。」從外面來看，它的形狀像個城樓，後屢次重修，又屢次被破壞，1939 年被日機炸毀，1981 年重修。今天的越王台，台下部分為磚砌結構的基座，是宋代建築的遺址，基座中間有一座高達 7 米的拱形大門。上部分為宮殿式建築，現為「越國史跡陳列廳」，以圖片和實物的形式，將 2500 年前的越國歷史展示給遊客。

秋下荊門[1]

霜落荊門江樹空[2]，布帆無恙掛秋風[3]。
此行不為鱸魚鱠[4]，自愛名山入剡中[5]。

一三三

李

白

注釋

❶ 荊門：山名，位於今湖北省宜都市西北的長江南岸，與北岸虎牙山隔江對峙，地勢險要，自古即有楚蜀咽喉之稱。

❷ 空：指樹枝葉落盡。

❸ 布帆無恙：運用《晉書·顧愷之傳》的典故：顧愷之從他上司荊州刺史殷仲堪那裏借到布帆，駛船回家，行至破塚，遭大風，他寫信給殷仲堪，說：「行人安穩，布帆無恙。」此處表示旅途平安。

❹ 鱸魚鱠：運用《世說新語·識鑒》的典故：西晉吳人張翰在洛陽做官時，見秋風起，想到家鄉蓴菜、鱸魚鱠的美味，遂辭官回鄉。

❺ 剡中：指今浙江省嵊州市一帶。《廣博物志》：「剡中多名山，可以避災。」

背景

此詩作於唐玄宗開元十三年（公元 725 年），詩人第一次出蜀遠遊時。荊門山戰國時為楚國的西方門戶，乘船東下過荊門，就意味着告別了巴山蜀水。對錦繡前程的憧憬，對新奇而美好的世界的幻想，勝過對峨眉山月的依戀，使李白去熱烈地追求理想中的未來。詩中洋溢着積極而浪漫的情懷。

旅遊看點

嵊州南山風景名勝區 位於浙江嵊州西南，距市區 30 公里，面積 22.38 平方公里，以秀峯、林海、麗湖為其特色，素有「東南山水越為最，越地風光剡嶺先」之美譽。南山風景名勝區是江南最大的火山大峽谷，也是迄今為止國內發現的海拔最低的古冰川遺跡。主要景點南山湖全長 11 公里，四周古木參天，山清水秀。景區內有無數的火山彈，是目前我國地質界發現火山彈最多、最集中、最奇特的區域。景區內怪石隨處可見，最形象的有相思石、石和尚、石將軍、石龜等。湖西南是歷史上著名的雙溪江，南宋詞人李清照曾在此居住和泛舟，留下了膾炙人口的《武陵春》：「只恐雙溪舴艋舟，載不動，許多愁。」朱熹與呂規叔曾在此創辦鹿門書院講學，是南宋理學的發祥地之一。

王羲之故居 位於嵊州市區東 25 公里的金庭鎮，這裏四面環山，故居便坐落在這幽靜的山谷之中。王羲之金庭故居和紹興成名地、臨沂出生地一樣受世人所敬仰。故居系列建築有金庭觀、書生殿、右軍祠、雪溪書院、潺湲閣，這裏還有書聖墓、書法園林、放鶴亭等。一年一度的書法朝聖節，使景區處處洋溢着濃濃的詩情和墨香。相鄰的華堂古村，是王羲之後裔的聚居地。王氏宗祠高高飛翹的屋簷和鏤空的雕花，以及屋頂兩端的烏龍甩尾，都向人們昭示着王氏家族的氣派。

洞天石扉，訇然中開。

青冥浩蕩不見底，日月照耀金銀台。⑩

霓為衣兮風為馬，雲之君兮紛紛而來下。

虎鼓瑟兮鸞迴車，仙之人兮列如麻。

忽魂悸以魄動，怳驚起而長嗟。

惟覺時之枕席，失向來之煙霞。⑪

世間行樂亦如此，古來萬事東流水。

別君去兮何時還？

且放白鹿青崖間，須行即騎訪名山。

安能摧眉折腰事權貴，使我不得開心顏！

李

白

夢遊天姥吟留別

海客談瀛洲，煙濤微茫信難求。①

越人語天姥，雲霞明滅或可睹。②③④

天姥連天向天橫，勢拔五嶽掩赤城。⑤

天台四萬八千丈，對此欲倒東南傾。

我欲因之夢吳越，一夜飛渡鏡湖月。⑥

湖月照我影，送我至剡溪。⑦

謝公宿處今尚在，淥水蕩漾清猿啼。

腳着謝公屐，身登青雲梯。

半壁見海日，空中聞天雞。

千巖萬轉路不定，迷花倚石忽已暝。

熊咆龍吟殷巖泉，慄深林兮驚層巔。

雲青青兮欲雨，水澹澹兮生煙。⑧

列缺霹靂，丘巒崩摧。⑨

❶ 瀛洲：古代傳說中的東海三座仙山之一（另兩座叫蓬萊和方丈）。
❷ 煙濤：波濤渺茫，遠看像煙霧籠罩的樣子。
❸ 微茫：景象模糊不清。
❹ 信：確實，實在。
❺ 拔：超出。
❻ 鏡湖：又名鑒湖，在浙江紹興南面。
❼ 剡溪：水名，在浙江嵊州南面。
❽ 澹澹：波浪起伏的樣子。
❾ 列缺：指閃電。
❿ 青冥，指天空。
⓫ 覺時：醒時。

背
景

　　唐天寶二年（公元 743 年），因朋友吳筠推薦，李白被唐玄宗召入長安，做了翰林供奉（皇帝的文學侍從官）。這時他已四十二歲了，滿以為可實現自己的政治理想，但玄宗沉溺於聲色，在宦官權貴的讒言中傷下，次年，李白被排擠出長安，政治上的失敗使他心情非常苦悶。被排擠出長安的第二年，即天寶四年（公元 745 年），李白準備由東魯（今山東）南遊吳越（今江蘇南部和浙江），行前寫了這首向朋友表明自己心情的詩。政治上的失敗使他胸中塊壘難消，這首詩便是他的「發憤之作」。

　　李白一生徜徉於山水之間，熱愛山水達到夢寐以求的境地。此詩所描寫的夢遊，也許並非完全虛託，但無論是否虛託，夢遊更適於超脫現實，更便於發揮他想像和誇張的才能。所以清代學者沈德潛《唐詩別裁》云：「託言夢遊，窮形盡相以極洞天之奇幻；至醒後，頓失煙霞矣。知世間行樂，亦同一夢，安能於夢中屈身權貴乎？……詩境雖奇，脈理極細。」

旅遊看點

天姥山　位於浙江省新昌縣境內，在縣東南圍 30 公里，由撥雲尖、細尖、大尖等羣山組成，涉及範圍 143.13 平方公里。2010 年天姥山被列為國家級風景名勝區。天姥山層峯疊嶂，千態萬狀，以佛教文化、唐詩文化、茶道文化和山水文化為內涵，以石窟造像、丹霞地貌、火山巖石地貌為特色，融人文景觀與自然山水為一體，具有遊覽、觀賞及科學考察、科普教育等諸方面價值。主要有大佛寺、千佛巖、十里潛溪、雙林石窟、天姥龍潭、真君殿、香爐峯、三十六渡等著名景區景點。

鏡湖　即鑑湖，相傳黃帝鑄鏡於此而得名，此外還有長湖、慶湖、賀家湖、賀監湖等別名。鑑湖在浙江紹興城西南，為浙江名湖之一。俗語說「鑑湖八百里」，這裏是一處適合觀光遊覽、休閑度假的江南水鄉型風景名勝區，由東跨湖橋、快閣、三山、清水閘、柯巖、湖塘 6 個景區及湖南山旅遊活動區組成。鑑湖不僅有獨特的自然風光，更有許多名勝古蹟為之增色。湖東岸有東漢會稽太守馬臻墓，當年他發動民眾興修水利得罪豪紳，被誣告致死，後當地百姓設法把他的遺骸運回，安葬於鑑湖之畔。墓東側有馬太守廟，始建於唐開元年間（公元 713～741 年），現存前殿、大殿和左右廂，為晚清建築。鑑湖又是南宋詩人陸游的故里，如今這裏還有快閣、三山遺址。快閣地處鑑湖北岸，是陸游中年賦詩讀書處，後改為陸放翁祠，現尚存清代建築數間。快閣西行數里就是陸游故里三山，這是行宮山、韓家山、石堰山三座小山之間的臨湖小村，古名西村。現在故居雖廢，風景依舊，一派江南湖光山色，使人流連忘返。鑑湖水質極佳，馳名中外的紹興老酒即用湖水釀造。鑑湖湖面寬闊、水波浩淼，泛舟其中，近處碧波映照，遠處青山重疊，如在畫中遊。

剡溪 又稱剡江、戴灣、戴逵灘，為紹興市嵊州境內主要河流，由南來的澄潭江和西來的長樂江會流而成。澄潭江俗稱南江，因江底坡度較大，水勢湍急，也稱「雄江」；長樂江又叫西江，江底較平，水流緩和，稱為「雌江」。洪水來時，兩江匯合之後，中間夾有一條細長的銀色帶狀水流，把雌雄兩水隔開，南面渾濁而浪湧，北面清亮而波平，形成一江兩流，中嵌銀帶，直到遠處才融為一片，堪稱奇觀。剡溪至上虞與曹娥江相接，在嵊州境內曲折迂迴 32.2 公里，夾岸青山、溪水透迤，一路有東門、艇湖、竹山、禹溪、杉樹潭、仙巖、清風、崿浦、黿頭渚等景點，統稱「剡溪九曲」勝景。剡溪作為嵊州的母親河，歷史悠久，歷代諸多文人學士或居或遊，留下了無數吟詠剡溪的名篇佳作和趣聞逸事。

舟中曉望

掛席東南望，青山水國遙。①②

舳艫爭利涉，來往接風潮。③④⑤

問我今何去？天台訪石橋⑥⑦⑧。

坐看霞色曉，疑是赤城標⑨。

孟浩然

❶ 掛席：揚帆。

❷ 水國：水鄉。

❸ 舳艫（zhú lú）：指首尾銜接的船隻。舳，指船尾；艫，指船頭。

❹ 利涉：出自《易經》「利涉大川」，意思是，卦象顯吉，宜於遠航。

❺ 接：靠近，挨上。

❻ 今何去：現在到哪兒去。

❼ 天台訪石橋：天台山是東南名山，石橋尤為勝跡。據《太平寰宇記》引《啟蒙注》：「天台山去天不遠，路經油溪水，深險清冷。前有石橋，路徑不盈尺，長數十丈，下臨絕澗，惟忘身然後能濟。濟者梯巖壁，援葛蘿之莖，度得平路，見天台山蔚然綺秀，列雙嶺於青霄。上有瓊樓、玉闕、天堂、碧林、醴泉，仙物畢具也。」訪，造訪，參觀。

❽ 赤城：赤城山，在天台縣北，屬於天台山的一部分，山中石色皆赤，狀如雲霞。

❾ 標：山頂。

這首詩作於唐玄宗開元十五年（公元 727 年）。開元十七年（公元 729 年）孟浩然離開長安，輾轉於襄陽、洛陽，夏季遊吳越，與曹三御史泛舟太湖。曹三御史擬舉薦孟浩然，他作詩婉言謝絕，並於次年開始到江南的名山古剎遊玩。是時作者沿曹娥江、剡溪登天台山，沿途見到美景如畫，心中大悅，於是創作了這首首尾圓和、神韻超然的寫景名篇。

詩人對目的地天台山極度神往，因此眼前出現的一片霞光便引起他動人的猜想：「坐看霞色曉，疑是赤城標。」在詩人的想像中，映紅天際的不是朝霞，而是山石發出的異彩。想象絢麗卻語言省淨，表現樸質，充分體現了孟浩然詩歌「當巧不巧」的特點。

旅遊看點

天台山　是國家 5A 級旅遊景區，國家級重點風景名勝區，中華十大名山之一。坐落在浙江省東中部天台縣境內的天台山，因「山有八重，四面如一，頂對三辰，當牛女之分，上應台宿，故名天台」。其景點各有特色，可概括為古、清、奇、幽四個字，赤城棲霞、雙澗回瀾、華頂秀色、瓊台月夜等自古被稱為天台八景，國清寺是國家級文物保護單位，也是日本、韓國佛教天台宗的祖庭；石梁景區是天台山自然風景的精華所在；此外還有赤城山、寒山湖、華頂峯等景點。天台山以「佛宗道源，山水神秀」聞名於世，是中國佛教天台宗和道教南宗的發祥地，又是活佛濟公的故里。綺麗的低山雲海、神奇的天台佛光，可謂天台一絕，登山觀賞，不失為人生一大幸事。

赤城山　又稱燒山，距天台縣城和國清寺均為 2 公里，高 338.8 米，歷來被視為天台山的南門和標誌，景區面積 1.3 平方公里。山為白堊紀系下流巖組成，屬於丹霞地貌，以紫紅色中厚層至塊狀礫巖、沙礫巖為主，是水成巖剝蝕殘餘的一座孤山，因其山赤，石屏列如城而得名，是天台山中唯一的丹霞地貌景觀。每當旭日東升或夕陽西下，雲霧繚繞山腰，霞光籠罩，光彩奪目，故有「赤城棲霞」之稱。山上有天然洞穴 18 處，其結構奇異，大致呈上、中、下三層佈列，且大都為坐北朝南，故冬暖夏涼，是旅遊、避暑的好去處。下層最大的洞穴為紫雲洞，洞高且深廣，頂題有「赤城霞」三字，為明代萬曆年間題刻。此山自唐宋以來就有建築落成，有道教第六洞天的玉京洞、濟公佛院、梁妃塔等景觀。

濟公故居　濟公是歷史上的真實人物，俗家名為李修緣，是南宋時期浙江天台永寧村人，後人尊他為「活佛濟公」。他破帽破扇破鞋垢衲衣，貌似瘋癲，初在國清寺出家，後到杭州靈隱寺居住，隨後

住淨慈寺，不受戒律拘束，嗜好酒肉，舉止似癡若狂，是一位學問淵博、行善積德的得道高僧，被列為禪宗第五十祖。濟公故居佔地16畝，景區內宅第街坊與樓台亭閣水榭園林薈萃一體，內有佛國靈氣，外有仙山精華。故居府宅院錯落有致，具有典型的浙東民居特色。

遊南雁蕩山

雁蕩諸奇不可窮，石梁華表遠凌空[1]。

乾坤誰道洞中小，日月曾從牖裏通[2]。

詞客墨苔觀照耀，飛仙環佩聽玲瓏。

何當借得緱山鶴[3]，駕入嶙峋翠幾重。

李皋

❶ 華表：古代宮殿、陵墓等大型建築物前面的大柱子。南雁蕩山有
　石華表，今稱華表峯，因形似華表而得名。

❷「日月」句：南雁蕩山仙姑洞有月牖，係天然圓形石天窗。

❸ 緱山鶴：相傳東周靈王太子姬晉（字子喬，世稱王子晉或王子喬）
　於河南偃師緱山乘鶴成仙。後用作歌詠仙家之典。

背
景

　　李皋（公元 733～792 年），字子蘭。唐宗室。天寶十一載（公
元 752 年）嗣封曹王。上元間除溫州長史，行刺史事，升秩少府，
因平袁、晁之亂，徙秘書兼州別駕。本詩是李皋任職溫州期間，慕
名遊覽平陽南雁蕩山後所作。

旅遊看點

雁蕩山　是中國十大名山之一，首批國家重點風景名勝區，國家
5A 級旅遊景區、全國文明風景旅遊區示範點、世界地質公園。位
於浙江省樂清市境內，部分位於永嘉縣及溫嶺市。因主峯雁湖崗上
有着結滿蘆葦的湖蕩，年年南飛的秋雁棲宿於此，因而得名「雁蕩
山」。雁蕩山風景名勝區由北雁蕩、中雁蕩和南雁蕩三大景區組成。
景區以秀溪、幽洞、奇峯、景巖、銀瀑、石塹等自然風光六勝和
儒、釋、道三教薈萃而聞名遐邇，尤其是獨特的奇峯怪石、飛瀑流
泉、古洞畸穴、雄嶂勝門和凝翠碧潭揚名海內外，被譽為「海上名
山，寰中絕勝」，史稱「東南第一山」。雁蕩山主要有靈峯、靈巖、
大龍湫、三折瀑、雁湖、顯勝門、羊角洞、仙橋八大景區，500 多
處景點。其中，靈峯、靈巖、大龍湫三個景區被稱為「雁蕩三絕」。

南雁蕩山　位於浙江省平陽縣西北部，因山頂有泥塘沼澤，秋季有
大雁在此棲息，且與北雁蕩山遙望相對，故名南雁蕩山。南雁蕩山
是國家 4A 級風景旅遊區，屬山嶽型風景區，分東西洞、順溪、明
王峯、碧海天城、赤巖山五大景區。「三教九溪」是南雁蕩山風景名
勝的主要特色。就自然景觀而言，景區突出表現為「秀溪、幽洞、
奇峯、石塹、銀瀑、景巖」，被概括為「南雁六勝」。俗語云：「北
雁好峯，南雁好洞」，所謂好洞，主要是指東西洞景區而言。東西洞
景區是南雁蕩山的核心景區，開發歷史最早，景點最為密集。景區
「雄奇幽秀」兼備，「以山得勢、因水成景」，山水交融，美景迭現。
就人文景觀而言，東洞頂端始建於宋代的儒教會文書院與唐代的觀
音洞寺院、仙姑洞道觀形成儒、釋、道三教薈萃的人文奇觀。

題 武 夷

只得流霞酒一杯，①
空中簫鼓當時回。②
武夷洞裏生毛竹，④⑤③
老盡曾孫更不來。⑥

李商隱

注釋

① 流霞：醇酒，以比神仙所飲玉露瓊漿，謂醇酒甘美且有浮流雲霞之絢爛。漢王充《論衡‧道虛》：「口飢欲食，仙人輒飲我以流霞一杯，每飲一杯，數月不飢。」

② 空中簫鼓：即簫聲鼓響，此處指仙樂。典出中唐時期筆記小說《諸山記》。

③ 回：回環來去之意。

④ 武夷洞：武夷山有七十二名洞，此處可能專指位於鵠子巖南之毛竹洞，洞口斜敞，上斜覆而下縮斂，洞內石壁峭立參天，雜竹叢生。據說前人曾將毛竹洞作為武夷山代稱。

⑤ 毛竹：此毛竹非尋常毛竹，而是如刺有毒的怪異毛竹。相傳毛竹洞內曾經長有異種「毛竹」，每節旁生怪枝，枝之巨細與主幹等大。相傳武夷君在幔亭峯招宴山下村人，散席之際，有一少年因侮慢仙人而招致懲罰，「一夕，山心悉生毛竹如刺，中者成疾，人莫敢犯」（見唐陸羽《武夷山記》）。

⑥ 曾孫：相傳武夷君在「幔亭招宴」時稱呼山下村人為「曾孫」。全詩翻譯成白話就是：眾鄉人只得到仙人們賞賜的一杯流霞仙酒，仙人們當時就掉頭返回。那些被稱為曾孫的鄉人紛紛老去，武夷君等眾仙人再也沒來。那麼是甚麼原因呢？原來是有人怠慢了仙人，武夷君一氣之下，使山心長滿了毛竹，從此隔斷了與人間的聯繫。

背景

　　李商隱是寫愛情詩的高手，許多名句纏綿悱惻，朦朧婉約，意境淒美，千百年來為人們傳誦不絕。可是，他還曾被稱為題詠武夷第一人。這在清代學者董天工的《武夷山志》裏有記載：「李商隱……曾遊武夷，有絕句一首，武夷題詠自此始也。」另外，李商隱題詠武夷山的這首詩，《全唐詩》也有輯錄。

對這首詩有一種理解是，李商隱借武夷山神話傳說來嘲諷求仙訪道這種做法的虛妄。訪道求仙自古便有人樂此不疲，上自帝王將相，下至鄉野細民，無不渴望羽化登仙，可終歸還是枉費心機。在李商隱這首詩中描寫的仙人更是為拒鄉人求訪竟以毛竹作機關，中者成疾，這樣的神仙更是令人無法親近吧？

如今有大量有關武夷山的神話傳說存世。眾所周知，武夷山是我國名茶「大紅袍」的產地，關於「大紅袍」茶也有一個美麗的故事。相傳古代一位秀才在進京趕考的路途中身染重疾，武夷山天心寺的老方丈用九龍窠的「神茶」為秀才治病，結果秀才不僅痊癒，後來還考中了狀元。為報答老方丈和那棵神茶，秀才回到武夷山後直奔九龍窠，脫下皇上御賜的大紅袍披在神樹上。從此，人們便把這「神茶」取名為「大紅袍」。

旅遊看點

武夷山 位於江西與福建西北部兩省交界處，武夷山脈北段東南麓總面積 999.75 平方公里，是中國著名的風景旅遊區和避暑勝地。武夷山屬典型的丹霞地貌，是首批國家級重點風景名勝區之一。武夷山是三教名山。自秦漢以來，武夷山就為羽流的禪家的棲息之地，留下了不少宮觀、道院和庵堂故址，還曾是儒家學者倡道講學之地。先民的智慧，文士的駐足在九曲溪兩岸留下眾多的文化遺存：有高懸崖壁數千年不朽的架壑船棺 18 處，朱熹、游酢、熊禾、蔡元定等鴻儒大雅的書院遺址 35 處，有堪稱中國古書法藝術寶庫的歷代摩崖石刻 450 多方，其中有古代官府和鄉民保護武夷山水和動

植物的禁令 13 方，有僧道的宮觀寺廟及遺址 60 餘處；同時，武夷山自然保護區還是地球同緯度地區保護最好、物種最豐富的生態系統，擁有 2527 種植物物種，近 5000 種野生動物。

天遊峯 海拔 408 米，相對高度 215 米，是一條由北向南延伸的巖脊，東接仙遊巖，西連仙掌峯，削崖聳起，壁立萬仞，高聳羣峯之上。峯上有一澗沿崖壁流下峯底，形成高差約 120 米的瀑布。峯上名木古樹眾多，常綠闊葉林鬱鬱蔥蔥。明代地理學家徐霞客讚道：「不臨溪而能盡九溪之勝，此峯固應第一也。」峯頂胡麻澗旁的石壁上，有歷代摩崖石刻近百處。其中最大一幅為「第一山」，係武顯將軍嶺南徐慶超於道光壬辰冬題寫。意思是說天遊峯即是「武夷第一勝地」，理應號稱「第一山」。也有人解釋說，武夷山是道教名山，列三十六洞天中的第十六個 —— 升真元化洞天，因此得名。

閩中秋思

雨勻紫菊叢叢色，
風弄紅蕉葉葉聲。
北畔是山南畔海❹，
只堪圖畫❷不堪行❸。

杜荀鶴

注釋

① 指閩中地勢。北畔是山，北邊是連綿的山脈；南畔為海，南邊是波濤洶湧的大海。

② 只堪：只能。

③ 圖畫：做動詞，指畫畫。

背景

　　杜荀鶴出身寒微但才華橫溢，7 歲時已嶄露頭角。可惜數次上長安應考，均不第還山。在此期間，他曾在福建、浙江、江西、湖南等地旅行。這首詩便是其旅居福建之時所作。「北畔是山南畔海」，極為精練地把握住了福建的地理特點，整個福建西北部都是連綿崎嶇的崇山峻嶺，而東南部則是廣袤的海岸線，面對是波濤洶湧的大海，山海既對峙又相接，氣勢闊大，景色壯麗。結句「只堪圖畫不堪行」的慨歎，表達旅途之人的內心感受，由路途艱難，描述思鄉情懷，語意含蓄，耐人尋味。

　　詩開篇，即寫閩中秋景。前句的「勻」字，極準確地勾畫出南國之雨的細密和輕柔；而後句的「弄」字，則以擬人的手法將「風」人格化。閉上眼想想，風吹紅蕉，蕉葉聲聲有韻，這該是怎樣的一種情致？這樣的一幅聲色俱備的圖畫，的確容易讓人陶醉。

大田濟陽鄉　轄屬福建三明市，因其開基者從安徽鳳陽縣遷居至此，境內又有濟溪，於是各取一字得名。早期開發程度較低，美景藏在深山無人識，卻使得濟陽鄉蘊藏的土堡、古民居羣、古村落、明代廊橋、明清宮廟祠堂和千年古樹羣得以保存完整，也保留了質樸、敦厚、善良、熱情的民風。作為閩南通往閩西北的必經之路，這裏風俗遺存、語言和閩南地區並無二致，同時又融合了閩中地區的特點，獨具特色。濟陽安寧祥和，田園風光美麗如畫，阡陌交通，雞犬相聞，絲毫不遜色於陶淵明筆下的桃花源，那種原始的美令人無限神往。

十八重溪　位於距福建省福州市約 20 公里的閩侯縣南通鎮境內，發源於縣南古崖山尾東麓，為大樟溪下游南岸支流。流域面積約 62 平方公里，其間水平長度 500 米以上的溪流有 24 條，取名「十八」，形容其多。1992 年被列入第三批省級風景名勝區，2004 年元月被列入第五批國家重點風景名勝區。景區內水系發達，幹流長約 10.8 公里，河寬 5～40 米，水深 0.5～3 米。溪流兩岸生長着茂密的常綠闊葉林、次生灌木林，有娃娃魚、桫欏樹等國家一類保護動植物，林中常有獼猴成羣出沒。全區散佈着由火山巖構成的峯、巖、崖、谷、洞、石，山水交融，天然渾樸，有西溪瀑布、烏龍戲珠、大帽山、文筆峯、寶塔峯、三仙洞等景點。

戴雲山吟

（其一）

人間謾説上天梯，上萬千回總是迷❶。

曾似老人巖上坐，清風明月與心齊。

（其二）

戴雲山頂白雲齊❷，登頂方知世界低。

異草奇花人不識，一池分作九條溪。

智

亮

❶ 迷：迷惑，思想迷亂。
❷ 齊：平齊，一般高。

　　智亮，唐朝和尚，生卒年及姓氏籍貫均不詳。初出家於福州開
元寺，後長居泉州戴雲山中麓之戴雲寺。常赤膊化緣，招搖過市，
人皆稱「袒膊和尚」。能詩，作品多已失傳。

　　戴雲山又名佛嶺，在福建省德化縣西北，高聳挺拔，山頂常年
為雲霧所籠罩，為戴雲山脈之主峯。山頂有池名龍潭，深不可測，
池水下泄分流為尤溪、大樟溪、古瀨溪、木蘭溪、西溪、藍溪、新
溪、感化溪、龍溪等九條溪流。花木蔥蘢，風景秀美。這首詩描寫
戴雲山種種自然風光，清新流暢，既含哲理，又富意境。

　　與其他唐詩相較，這首詩雖沒有那種雄渾的氣勢與闊大的意
境，卻因其出自僧人之手而以獨到的「理趣」見長，也就是在景色
描寫中富含哲理韻味。詩中「戴雲山頂白雲齊，登頂方知世界低」
兩句，粗線條式的景物描寫與哲理性的精神思辨融於一體，其中對
人生境界的深刻體悟相信會對每一位讀者都具有強烈的啟示意義。

旅遊看點

戴雲山　又名迎雪山，雄奇險峻，氣勢磅礴，有「閩中屋脊」之稱，是福建省境內的第五高峯，與台灣阿里山遙遙相望。2005 年 8 月，戴雲山經國務院批准列為國家級自然保護區。戴雲山九派發源，迎客松舒臂迎賓。戴雲寺周圍風光秀麗，明人曾將其概括為「戴雲秋景」「迎雪春潮」等十六勝景。南宋理學家朱熹、明代大學士張瑞圖都曾登臨此山並留下墨寶。戴雲山還是一座天然的綠色寶庫，有些地方至今尚保存着成片的半原始森林，有鵝掌楸、黃檀、油杉等國家珍稀林木和樟、楠、櫟、黃山松等福建鄉土珍貴樹種。旅遊者在觀光遊覽過程中，體驗壯麗秀美的自然風光、感受回歸大自然愉悅心情的同時，可以進一步激發起熱愛森林、保護自然的美好情愫。

戴雲寺　在德化縣赤水戴雲村。史載，遠在南北朝時期，就有聖人到此開基建寺。唐時，泉州開元寺僧祖腄（即《戴雲山吟》作者智亮）仰慕鍾靈毓秀的戴雲山，常自言曰：「身在紫雲，顯在戴雲。」大中十二年（公元 858 年）他逝世後，徒弟將其遺體運往戴雲山寺，塑像祭祀，後其師慈感亦在此坐化。兩位僧人同被崇奉為戴雲寺的始祖。該寺始建於五代後梁開平二年（公元 908 年），宋端拱二年（公元 989 年）重建。今寺宇附近尚存有南宋淳祐四年（公元 1244 年）建的石板橋，大殿正中有明洪武二十年所建拜壇立石，上下殿有清康熙甲子（公元 1684 年）、乾隆庚辰（公元 1760 年）、乾隆己丑（公元 1769 年）部分維修的記載碑石。殿宇係木構歇山頂建築，樑架結構簡單。今寺宇外觀保存基本完整，規模宏大，為目前德化保存最大的寺廟。寺內存有明代萬曆三十二年（公元 1604 年）進士、書法家張瑞圖題刻的「毫餘精舍」殘匾以及部分殘缺的木刻楹聯。

泉州赴上都留別舍弟及故人

天長地闊多歧路，
身即飛蓬共水萍。①
匹馬將驅豈容易，
弟兄親故滿離亭。②

歐陽詹

注釋

1. 飛蓬：即蓬蒿，植物名，菊科。花開後如絮四散飄飛，或枯後往往在近根處被風折斷，捲起飛旋，或又被稱為「飄蓬」「轉蓬」「孤蓬」「征蓬」等。

2. 離亭：漢語詞語，意為驛亭，古時人們常在此類地方舉行宴會相互道別。如南朝陳的著名詩人、文學家陰鏗的《江津送劉光錄不及》：「泊處空餘鳥，離亭已散人。」

背景

　　歐陽詹（公元 755～800 年），字行周，福建晉江人。生活在安史之亂後的中唐時期。貞元八年（公元 792 年），歐陽詹與當時著名文士二十二人同登金榜，時稱「龍虎榜」，歐陽詹第二名，韓愈第三名，也被後人譽為「閩南第一進士」。此後福建文士才開始向慕讀書，儒學風氣逐步振興。他長於詩文，主張「文以載道」，著有《歐陽行周文集》8 卷。

　　歐陽詹少時聰穎好學，與家鄉一些著名文士相互切磋，學業大進。自隋開科舉取士一百多年後，泉州士人依然無人金榜題名，因此被中原人士譏笑為「閩人未知學」。歐陽詹本也無心科舉功名，想長期在家讀書，奉養雙親。後來因雙親嚴命，親友激勵和常袞、席相等長官的提拔，才決心參加科考。這首詩便是其離鄉赴長安準備應科舉考試時所作。

　　詩中「天長地闊多歧路，身即飛蓬共水萍」化用《詩經·衛風·伯兮》中「自伯之東，首如飛蓬」等句，又取「飛蓬」飄飛不定的特性，藉以比喻漂泊在外、居無定所的羈旅之人。歐陽詹多次在詩中以「蓬草」與「歧路」等意象，寫自己心中真切濃郁的鄉愁意識。

泉州 福建省下轄地級區劃簡稱「鯉」，別名鯉城、刺桐城，位於福建省東南沿海。最早開發於周秦兩漢，公元 260 年始置東安縣治，唐朝時為世界四大口岸之一，被馬可·波羅譽為「光明之城」，宋元時期為東方第一大港。泉州在中世紀有着 400 多年的輝煌歷史，素有「地下看西安，地上看泉州」之名。世稱世界宗教博物館，聯合國教科文組織將全球第一個「世界多元文化展示中心」定址於泉州。

清源山 是閩中戴雲山餘脈，位於泉州北郊，故俗稱北山；又因峯巒之間常有雲霞繚繞，亦稱齊雲山。海拔 572 米，面積 62 平方公里，山脈綿延 20 公里，主景區距泉州城市區 3 公里。山上峯巒起伏，巖石遍佈，盎然成趣，多處勝景天成，象形巖石千姿百態，有「閩海蓬萊第一山」之美譽，為泉州四大名山之一。

洛陽橋 又稱萬安橋，位於福建泉州東北洛陽江上，是中國第一座海灣大石橋，古代橋樑建築的傑作，其「筏型基礎」「種蠣固基法」，是中國乃至世界造橋技術的創舉。洛陽橋結構堅固，造型美觀，具有極高的橋樑工程技術和藝術水平，體現了我國古代勞動人民的高度智慧。在中國橋樑史上與趙州橋齊名，有「南洛陽，北趙州」之稱，著名橋樑專家茅以升稱之為「中國古代橋樑的狀元」。由當時泉州郡守、宋代大書法家蔡襄倡導，於宋皇祐五年（公元 1053 年）興建，嘉祐四年（公元 1059 年）建成，歷時六年。橋長 834 米，寬 7 米，有橋墩 46 座，全部用巨大的石塊砌成。蔡襄撰寫的《萬安橋記》碑刻，是書法珍品，為歷代書法家珍視，現保存在橋頭蔡忠惠公祠內。

松洋洞

微茫煙水碧雲間，掛杖南來渡遠山。

冠履莫教親紫閣①，衲衣且上傍禪關②。

青邱有地榛苓茂③，故國無階麥黍繁。

午夜鐘聲聞北闕④，六龍繞殿幾時攀？

韓偓

1. 紫閣，意思是金碧輝煌的殿閣，多指帝居，也指仙人或隱士的居所。
2. 衲衣：僧人穿的衣服，代指僧人；也可指道袍。
3. 青邱：又作「青丘」，傳說中的海外國名，泛指邊遠蠻荒之地。
4. 北闕：古代宮殿北面的門樓，是臣子等候朝見或上書奏事之處，用為宮禁或朝廷的別稱。

背景

　　韓偓（公元約 842～約 923 年），晚唐五代詩人，字致堯，晚年號玉山樵人。陝西萬年縣（今樊川）人。自幼聰明好學，10 歲時，曾即席賦詩送其姨夫李商隱，令滿座皆驚，李商隱稱讚其詩「雛鳳清於老鳳聲」。因詩多寫豔情，並有風格纖巧的《香奩集》傳世，故被後人稱為「香奩體」創始人。其實，現實主義才是韓偓詩作的主流，其最有價值的也是以編年史方式再現唐王朝由衰而亡過程的一些感時詩篇。詩集《玉山樵人集》曾由《四部叢刊》重印傳世，《全唐詩》收錄其詩 280 多首。

　　韓偓曾協助宰相崔胤平定宦官頭子劉季述叛亂，迎唐昭宗復位，成為功臣之一。當時朱全忠（朱溫）手握兵權，在朝中驕橫無比，韓偓對其甚是不滿。一次，朱全忠和崔胤在殿堂上宣佈事情，眾官都避席起立，只有韓偓端坐不動，稱「侍宴無輒立」，因此激怒朱全忠。朱全忠藉故在昭宗面前指斥韓偓，韓偓繼而被貶為濮州司馬。不久，又被貶為榮懿（今貴州桐梓北）尉，再貶為鄧州（今河南鄧州）司馬。

　　讀其流傳下來的詩文可以看出，韓偓與宗教有着較為密切的關係。與唐代其他詩人一樣，韓偓和道士、僧人都有一些交往，尤其是對道家經典《南華經》和《黃庭經》等，這對其詩歌寫作都產生了影響。比如這首詩中的「衲衣」「禪關」等物象，都源自宗教。

旅遊看點

崧洋山 又稱崧山，松洋山，位於福建惠安螺陽鎮五音村，惠安縣城南十里許的許坑柄村之東南，為惠安縣之主山，歷史上譽稱為惠安七大名山之一。清顧祖禹《讀史方輿紀要》中記載：「松洋山，在縣東南三十餘里。高大甲於縣境諸山，為一方巨鎮。山北有洞，亦曰松洋洞，洞口僅容一人，中寬廣容二三百人。宋、元之季，民常避難於此。」崧洋洞亦稱松洋洞，在崧洋山之陽，洞口狹小，僅能容一人側身而入，進入後卻豁然開朗，可容納 200 餘人。宋元之際，民常避亂於此。洞口的石罅中有老藤，向下直垂長達三丈多，入者縋以下，不枯不萌，蔚為奇觀。

五音村 距惠安縣城十二華里，地處崧洋山麓。原名「康邊村」，後以諧音「坑」字，稱之為「坑柄村」；後來又因村裏有五塊能發出不同音調的石頭，更名為「五音村」。五音村歷史悠久、人傑地靈，環境優美，四面環山，村落平地，是旅遊觀光度假的好去處，同時也是明代泉州郡享有「三峯」盛名之一的康朗的故鄉。現村中有康朗家廟、五音石塔、康朗書齋「崧洋別業」、飛爐古地等文物保護景點。其中最為著名的是康朗家廟和五音石塔。康朗家廟為三進紅瓦、紅磚廟宇，總面積 400 多平方米，家廟歷經清、民國修葺，現存建築保存了明清的建築風格。

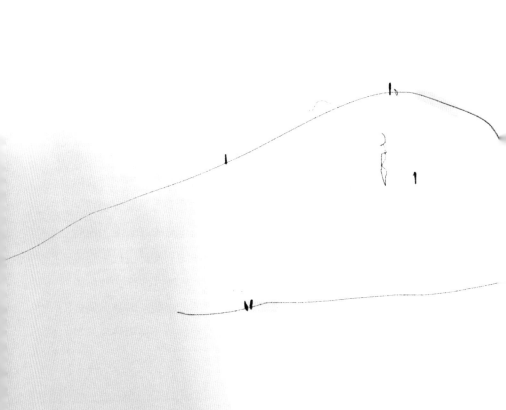

第 十 章

飛
流
直
下
三
千
尺

江西、貴州在古代屬偏遠的貶謫流放之地，詩人們也多因仕途不暢或在朝廷受到排擠等情形來到這裏。許多詩人將抑鬱淒苦之情寄情於這片秀麗的山水之間，為我們留下了許多千古絕唱。而中國革命的燎原星火，更為這片土地增添了一段風流。今天，這裏已不再是偏僻荒涼的淒山苦水，「飛流直下三千尺」的壯觀豪邁已成為旅遊者們向往的桃花源。詩人們留下的千古名篇為後人提供了大量的旅遊文化資源，吸引着一代又一代的文人墨客尋蹤探訪。

（一）

登廬山五老峯

廬山東南五老峯，
青天削出金芙蓉。①
九江秀色可攬結，②
吾將此地巢雲松。③

李白

一六六

注釋

① 金芙蓉：芙蓉，蓮花也，山峯秀麗，可以比之，其色黃，故曰金芙蓉也。

② 攬結：採集、收取。

③ 巢雲松：隱居。

背景

　　這首詩描寫了廬山五老峯的峭拔秀麗，既反映了詩人對五老峯風光的熱愛，同時也反映了詩人的出世思想。關於這首詩的寫作時間，說法不一，有人認為是詩人於唐玄宗開元十四年（公元726年）遊襄陽、上廬山時所作，也有人認為這首詩作於開元十三年（公元725年），還有人根據詩的內容推斷，似為安史之亂爆發之後李白和其妻宗氏一起來廬山遊覽，隱居五老峯下時的作品。

旅遊看點

五老峯　地處江西省九江市廬山東南，因山的絕頂被埡口所斷，分成並列的五座山峯，仰望儼若席地而坐的五位老翁，故人們便把這原出一山的五座山峯統稱為「五老峯」。這裏是全山形勢最雄偉奇險之勝景。五老峯峯峯有景，氣象萬千。一峯下怪石林立，各顯奇姿。怪石堆疊成一座天然石橋，名「仙人橋」。二峯上築有一座石亭，叫「待晴亭」，不但可以避雨，而且造型精巧，立在二峯峯巔，成了為峯巒添色的一景。這兒有廬山上唯一的一塊英文石刻，是80年前廬山「美國學校」校長羅伊先生所刻，題目是「讓所有來這裏

的人都知道」。三峯最高海拔 1358 米，削壁千丈。石壁上刻有「俯視大千」「星聚層巒」等題刻，點出三峯景致的特點。在三峯的峭壁上，長着一棵剛勁舒展的古松，根插石壁，枝指長空，如仙鶴展翅，造型極美。這棵松被稱為「五老松」。四峯最陡峭。五峯最為遼闊，石壁上刻有「目無障礙」四個大字。站在五峯上，頭頂是萬里藍天，腳下是浩渺的鄱陽湖和長江水，四周是連綿起伏的羣山。茫茫宇宙，任你的目光上下馳騁，心胸無比開闊，所有的煩惱都煙消雲散。

九江 古稱潯陽、柴桑、江州，是一座有着 2200 多年歷史的文化名城。自古為江南著名的遊覽勝地，素有「九派潯陽郡，分明似圖畫」之美稱。九江境內山水風光迷人，名勝古蹟薈萃，眾多的自然景觀與人文景觀相映成趣，230 多個景觀景點星羅棋佈，構成以廬山、鄱陽湖為主體，融古今高僧、名士妙文、書院翰香、建築藝術和政治風雲於一體的獨具特色的風景名勝區。九江境內的風景名勝已經形成五區（牯嶺景區，山南景區，潯陽景區，沙河景區，永修景區）、兩點（石鐘山，龍宮洞）、一線（鄱陽湖水上遊覽線）的整體格局。鄱陽湖納贛江、撫河、信江、修水、饒河而注入長江，浩浩蕩蕩，煙波萬頃，為中國第一大淡水湖。以廬山為中心包括九江市區及星子、湖口、彭澤等縣主要景點組成的廬山風景名勝區，被國務院批准並公佈為第一批國家重點風景名勝區。散佈於廬山、鄱陽湖之間的其他風景名勝舉不勝舉：石鐘山、鞋山、落星墩、軍山、印山、扁擔山隔水相望，各具姿態。還有具「地下藝術宮殿」美稱的彭澤龍宮洞，「禪農並舉」而名傳天下的永修雲居山真如寺，堪稱經典傑作的千年古橋 —— 觀音橋，以及市區的煙水亭、潯陽樓、琵琶亭，九江縣的岳母墓、獅子洞等。

廬山謠寄盧侍御虛舟

我本楚狂人，鳳歌笑孔丘。①
手持綠玉杖，朝別黃鶴樓。②
五嶽尋仙不辭遠，一生好入名山遊。
廬山秀出南斗旁，屏風九疊雲錦張，③④
影落明湖青黛光。
金闕前開二峯長，銀河倒掛三石樑，⑤
香爐瀑布遙相望，回崖遝嶂凌蒼蒼。
翠影紅霞映朝日，鳥飛不到吳天長。
登高壯觀天地間，大江茫茫去不還。
黃雲萬里動風色，白波九道流雪山⑥
好為廬山謠，興因廬山發。
閑窺石鏡清我心，謝公行處蒼苔沒⑦
早服還丹無世情，琴心三疊道初成⑧
遙見仙人彩雲裏，手把芙蓉朝玉京⑨⑪
先期汗漫九垓上，願接盧敖遊太清。⑩⑫

李

白

❶ 楚狂人：春秋時楚人陸通，字接輿，因不滿楚昭王的政治，佯狂不仕，時人謂之「楚狂」。

❷ 鳳歌：孔子去楚國時，陸通曾唱「鳳兮鳳兮，何德之衰……」之歌，勸孔子不要做官，以免惹禍。

❸ 南斗：星宿名，二十八宿中的斗宿。古天文學家認為潯陽屬南斗分野。這裏指秀麗的廬山之高，突兀而出。

❹ 屏風九疊：廬山五老峯東北山峯疊嶂，狀如屏風，名九疊屏。李白曾在此建讀書堂，與五老峯為鄰。

❺ 三石樑：《潯陽記》中記載：「廬山上有三石樑，長數十丈，廣不盈尺，杳然無底。」此當指九疊屏之左的三疊泉，水勢三折而下，如銀河掛石樑。

❻ 白波九道：九道河流。古謂長江流至潯陽分為九條支流。

❼ 琴心三疊：道教術語，指修煉身心，達到心和氣靜的境界。

❽ 玉京：天帝的居處。

❾ 汗漫：無邊無際，意謂不可知，這裏比喻神仙。一說為造物者。

❿ 九垓（gāi）：九天之外。

⓫ 盧敖：戰國時燕國人。《淮南子》中記載曾與仙人遨遊。

⓬ 太清：最高的天空。

　　這首詩作於唐肅宗上元元年（公元 760 年），即詩人流放夜郎途中遇赦回來的次年，是詩人晚年的作品。李白遇赦後從江夏（今湖北武昌）往潯陽（今江西九江）重遊廬山時，作此詩寄盧虛舟。盧虛舟，范陽（今北京大興）人，唐肅宗時曾任殿中侍御史，為官清廉，曾與李白同遊廬山。此詩先寫作者之行蹤，次寫廬山之景色，末寫隱退幽居之願想，不僅濃墨重彩地描繪了廬山秀麗雄奇的景

色，更主要的是表現了詩人狂放不羈的性格以及政治理想破滅後想要寄情山水的心境。

旅遊看點

金闕　指廬山的石門。廬山西南有鐵船峯和天池山，二山對峙，形如石門。澗谷中的最窄處僅存一縫，遊人須側着身子才能通過。石門澗兩邊山峯的絕壁是典型的地質學上所稱的「地壘式斷塊山」形態，是世界地質公園中重要的組成部分。石門澗瀑布是廬山西部最長、最寬、氣勢最大的瀑布，也是廬山最早被載入史冊的瀑布。廬山石門澗絢麗而神奇的自然風光，吸引了歷史上無數名人雅士。他們或擇勝登臨，或結廬隱居，或潑墨揮毫，或尋幽探險，留下了古詩詞 200 多首。石門澗現有古文化遺址 20 多處，南北朝傑出詩人謝靈運在澗旁築「石門精舍」。東晉高僧慧遠大法師在此弘法五年，築「龍泉精舍」，寫出了我國最早的山水遊記《遊石門詩並序》。

廬山　又稱「匡廬」，位於江西省北部的九江市廬山區內，在九江縣以南，星子縣以西。以「奇、秀、險、雄」聞名於世，大山、大江、大湖渾然一體，素有「匡廬奇秀甲天下」的美譽。廬山有着豐厚燦爛的文化內涵，是一座集風景、文化、宗教、教育、政治為一體的千古名山。這裏是中國山水詩的搖籃，從司馬遷「南登廬山，觀禹所疏九江」，到陶淵明、昭明太子、李白、白居易、蘇軾、王安石、黃庭堅、陸游、朱熹、康有為、胡適、郭沫若等文壇巨匠 1500 餘位登臨廬山，留下 4000 餘首詩詞歌賦。晉代高僧慧遠在山中建立東林寺，開創了佛教中的「淨土宗」，使廬山成為中國封建時代重要

的宗教聖地。遺存至今的白鹿洞書院，是中國古代教育和理學的中心學府。廬山上還薈萃了各種風格迴異的建築傑作，包括羅馬式與哥特式的教堂、融合東西方藝術形式的拜占庭式建築，以及日本式建築和伊斯蘭教清真寺等，堪稱廬山風景名勝區的精華部分。主要風景名勝有五老峯、三疊泉、含鄱口、蘆林湖、東林寺等。廬山於1996年被列入《世界遺產名錄》。

望廬山瀑布

日照香爐生紫煙 ❶，
遙看瀑布掛前川 ❷。
飛流直下三千尺 ❸，
疑是銀河落九天 ❹。

李白

❶ 香爐：指香爐峯。廬山名香爐峯者有四，此指廬山南，秀峯寺邊之南香爐峯。

❷ 紫煙：指日光透過雲霧，遠望如紫色的煙雲。

❸ 川：河流，這裏指瀑布。

❹ 九天：古人認為天有九重，九天是天的最高層，此處指天空的最高處。

背
景

　　李白一生鍾情廬山，他曾寫道：「予行天下，所遊覽山水甚富，俊偉詭特，鮮有能過之者，真天下之壯觀也。」他曾五上廬山，並在廬山五老峯下屏風疊建書堂，寫詩四十餘首。其中《望廬山瀑布二首》《望廬山五老峯》等，橫掃六朝以來綺靡文風，把唐代詩歌推向了一個新的階段。這首詩一般認為是李白 24 歲時在遊金陵途中初遊廬山時所作。

　　這首七絕歷來廣為傳誦，曾被 16 個國家和地區編入教材。李白的這首詩鬼斧神工，讓人歎為觀止。

旅
遊
看
點

廬山瀑布　位於江西省九江市的廬山，是由三疊泉瀑布、開先瀑布、石門澗瀑布、黃龍潭和秀峯瀑布、王家坡雙瀑和玉簾泉瀑布等瀑布羣組成的。被譽為中國最秀麗的十大瀑布之一。開先瀑布在鶴鳴、龜背二峯之間，它是同源異流的東西兩瀑。東瀑自鶴鳴、龜背兩峯之間奔流而出，由於受到兩崖窄隘迫束，瀑布跌落過程中，水

流散開，形若馬尾。故名馬尾瀑。西瀑自黃巖山巔傾瀉下來，跌落在雙劍峯頂的大龍潭中，再繞出雙劍峯東，緣崖懸掛數百丈，名黃巖瀑，漸與馬尾瀑合流經青玉峽狂奔至龍潭中。李白著名的《望廬山瀑布》詩就是描繪這裏的瀑布景觀。

香爐峯　因其倒扣如香爐，故而得名。香爐峯太陽光折射以及觀看的角度不同，山峯上的雲霧呈深紫色。它與鶴鳴、雙劍、姊妹等諸峯剛妍各具，羣峯競秀，合稱秀峯。瀑布水是由羣峯的溪流合股而出，一氣呵成，飛流直下。秀峯內飛瀑湍流、古木參天，摩崖石刻隨處皆是，是集自然美景與人文勝跡於一體的著名風景名勝區。秀峯為五大叢林之首，南唐時期，中主李璟少年時曾在此築台讀書，即帝位後九年（公元 951 年），因懷念讀書時無憂無慮的少年時光和這片靈山秀水，下令在讀書台舊址建寺廟，賜名「開先寺」，取「開國先兆」之意。公元 1707 年，康熙皇帝第二次南巡松江府時，親筆手書「秀峯寺」匾額賜予秀峯方丈超淵，開先寺遂易名為秀峯寺。秀峯被宋代大書法家米芾冠為「第一山」。景區中碑刻如林，屬國家級文物保護的摩崖石刻多達 144 幅，著名的有唐大和年間所繪的鐵線觀音像，畫中觀音體態豐滿，衣飾華貴，額開慧眼，男身女相，深具唐畫特色，為中華畫庫中難得一見的珍品；李璟讀書台上江淹詩碑《從冠軍建平王登廬山香爐峯》是康熙仿米芾字體所書，被周總理讚為「好字、好詩、珠聯璧合」；還有黃庭堅的「七佛偈」「聰明泉」，蘇東坡的「不忍去」，顏真卿的「大唐中興頌」，王陽明的「紀功碑」等都是我國古代書畫藝術中不可多得的瑰寶。

大林寺桃花

人間四月芳菲盡[1]，
山寺桃花始盛開。
長恨春歸無覓處[2]，
不知轉入此中來。

白居易

注釋

❶ 芳菲：盛開的花，亦可泛指花，花草豔盛的陽春景色。

❷ 長恨：常常惋惜。

背景

　　此詩作於唐憲宗元和十二年（公元 817 年）四月九日。白居易時任江州（今江西九江）司馬，年四十六歲。公元 815 年，宰相武元衡遇刺身亡，白居易上表主張嚴緝兇手，被認為是越職言事，被貶為江夏刺史，逐出京城。皇帝還不消怒，又追加聖旨，將還在路途中的白居易再貶為江州司馬。「司馬」是個毫無實權的小官。白居易在江州，心情十分鬱悶。元和十二年（公元 817 年）四月初夏時節，白居易和廬山東林寺法寅大師及 17 位好友，從他新建好的遺愛寺草堂出發，一同到位於廬山頂的大林寺遊玩，夜宿於此。他看見大林寺旁的山坡上，一大片桃花剛剛盛開，十分美麗，而此時，山腳下的春花早已凋謝了。白居易又驚又喜，似乎找到了心靈的春天，不由寫下了這首著名的七言絕句。

　　此詩與白居易的名篇《琵琶行》幾乎是同時所作，大林寺景色優美卻遊人甚少。詩歌末尾白居易發出感歎：如此勝境竟然人跡罕至，可見世人是多麼熱衷於追名逐利而無暇欣賞美景啊！表現出的心情與「同是天涯淪落人，相逢何必曾相識」的感觸有異曲同工之妙。

大林寺　位於廬山牯嶺街西南方向 2 公里處，即今天的花徑公園。大林寺和西林寺、東林寺是廬山「三大名寺」之一，為 4 世紀僧曇詵所創建。因位於大林峯上，所以叫大林寺。南宋之時大林寺已只有殘跡。1922 年人們捐修募建，恢復了大林寺一些舊觀。1934 年，世界佛教大會在此召開，到 1961 年，因興修水利動工開挖西湖，大林寺淹沒湖中。現有一人工湖名琴湖，因形狀很像一把提琴而得名。清澈的泉水從青山、密林中淌出，汩汩流淌的聲音清脆動聽，如同琴聲一般，湖旁的石塊上刻有「如琴可聽」四個大字。大林寺今已難尋覓，但白居易詠詩的花徑猶在。在湖畔，可以看到花徑的大門。大門旁書「花徑」，兩旁刻有「花開山寺，詠留詩人」的對聯。裏面有書法家胡獻雅書寫的巨幅石刻「白司馬花徑」。草地上有座傘狀紅頂的圓亭，這就是花徑亭，在花徑亭中的石刻板上刻有「花徑」二字，相傳是白居易手書。花徑中還有白居易草堂陳列室。它建於 1988 年，完全按照白居易的《廬山草堂記》「五架三間新草堂，石階掛柱竹編牆」的建築形式復建，坐北朝南，木結構，草頂，再現了「竹籬茅舍風光好」的詩境。

遊雲居寺贈穆三十六地主

亂峯深處雲居路❶，
共踏花行獨惜春❷。
勝地本來無定主❸，
大都山屬愛山人。

白居易

① 峯：羣峯層巒疊嶂，嵯峨峻峭。
② 本來：從來。
③ 屬：屬於。

　　據《雲居山志》記載，白居易貶任江州司馬期間，大部分時間居於廬山草堂，常與東林寺名僧交遊青山秀水、寺庵道場，曾多次登上雲居山，作詩多首留念。詩人對真如禪寺情有獨鍾，每登遊時，往日心頭的幽怨情緒便會煙消雲散。

　　傳說白居易被貶任江州司馬不久，就從廬山東林寺步行至雲居山。這時正是炎熱夏季，白居易頭戴草帽，腳穿草鞋，沿着崎嶇山路攀登而上。一路上唇乾舌燥，大汗淋漓。當行至真如禪院東側時，忽見一株梧桐獨立山巔，佈下一片綠雲，猶如一把偌大的遮陽傘，擋住炎炎烈日。白居易頓覺渾身涼爽，便走到樹下悠閑徘徊。正在他對梧桐樹久久觀望時，有一僧人好奇地走到他身邊，向他講述開山祖師道客當年由白鶴領路，登山選址的故事。白居易聽後若有所思地繞着梧桐轉了三圈，然後從布袋裏取出筆墨紙張，寫下了《雲居寺孤桐》一詩，詠物言志。後來，白居易又在高僧穆三十六地主的陪伴下，先後登上五老峯、仰天壙，飽覽了雲居山的秀麗風光。回到禪院後，當即寫了七絕《遊雲居寺贈穆三十六地主》這首詩。

旅遊看點

雲居山　古稱「歐山」。位於江西省九江市永修縣西南部，中國著名佛教名山。因常年雲霧籠罩，又名「雲居山」。雲居山由蓮花城、百花谷、青石湖、泉祠坳等景區組成，自然風光秀麗。尤其是被譽為人間仙境的百花谷景區更為突出，沿途奇山異石，溪水瀑布，古寺牌樓，僧侶塔林，名勝古蹟比比皆是。山上空氣清新，植被繁茂，近 2000 多種天然植被，千年古杉樹、千年古樟樹、千年古銀杏樹、千年古桂花樹、千年古櫟樹及近千年的伯樂樹、香果樹、羅漢松等樹木比比皆是，盛夏酷暑氣温僅為 22℃。山中坦蕩平整，青疇綠畝，景色旖旎，遍佈園林湖田，儼然似一大城郭，又宛如一朵盛開的蓮花，故又稱此地為蓮花城。自古以來，雲居山以其秀麗天成的風景和佛教禪宗著名道場被人們所稱道。古人稱其「雲嶺甲江右，名高四百州」「冠世絕境，天上雲居」。

真如禪寺　在雲居山頂的蓮花城內。大片連綿不斷的竹林深處，掩映着這座盛名的禪宗聖地真如禪寺。真如禪寺是國家重點開放寺廟，全國漢傳佛教三大樣板叢林之一，為佛教曹洞宗發祥地。始建於唐憲宗元和六年（公元 811 年），迄今已 1200 多年的歷史。唐代以來，香火繚繞，高僧輩出。白居易、蘇東坡、佛印等眾多歷代文人墨客在此留詩 270 餘首。目前仍保留着摩崖石刻、唐代銅佛、康熙千僧鍋及 200 多座中外歷代高僧墓塔。

（六）

滕王閣

滕王高閣臨江渚①②，佩玉鳴鸞罷歌舞③④。
畫棟朝飛南浦雲⑤，珠簾暮捲西山雨。
閑雲潭影日悠悠，物換星移幾度秋⑥。
閣中帝子今何在⑦？檻外長江空自流⑧。

王
勃

注釋

❶ 江：指贛江。

❷ 渚（zhǔ）：江中小洲。

❸ 佩玉鳴鑾（luán）：身上佩戴的玉飾、響鈴。

❹ 罷：停止。

❺ 南浦（pǔ）：地名，在南昌市西南。

❻ 西山：南昌名勝，一名南昌山、厭原山、洪崖山。

❼ 帝子：指滕王李元嬰。

❽ 檻（jiàn）：欄杆。

背景

　　滕王閣建於唐朝鼎盛時期，為時任洪州都督的滕王李元嬰所建，唐高宗上元三年（公元 676 年），詩人王勃遠道去交趾（今越南）探父，途經洪州（今江西南昌），適逢都督閻伯嶼舉行宴會，即席作《滕王閣序》，序末附這首凝練、含蓄的詩篇，概括了序的內容。

　　據傳說王勃寫《滕王閣》詩到最後一句空了一個字不寫，留下「檻外長江□自流」，將序文呈上就走了。在座的人看到這裏，有人猜是「水」字，有人猜是「獨」字，閻伯嶼都覺得不對，派人追回王勃，請他補上。王勃的隨從對來人說：「我家主人吩咐了，一字千金，不能再隨便寫了。」閻伯嶼知道後說道：「人才難得」，便包了重金，親自率文人們來見王勃。王勃說「我不是把字寫全了嗎？」大家都說：「那不是個空（kōng）字嗎？」王勃說：「對呀！就是『空』（kōng）字呀！『檻外長江空自流』！」眾人恍然大悟。

滕王閣 位於江西省南昌市西北部沿江路贛江東岸，與湖北黃鶴樓、湖南嶽陽樓並稱為「江南三大名樓」。始建於唐永徽四年（公元 653 年），因唐太宗李世民之弟——滕王李元嬰始建而得名。據史書記載，因李元嬰在貞觀年間曾被封於山東省滕州，故為滕王，且於滕州築一閣樓名以「滕王閣」。永徽三年（公元 652 年），李元嬰遷蘇州刺史，調任洪州都督時，從蘇州帶來一班歌舞樂伎，終日在都督府裏盛宴歌舞。次年又在洪州築豪閣為別居，實乃歌舞之地。因其思念故地滕州，仍冠名「滕王閣」。滕王閣因王勃《滕王閣序》名句「落霞與孤鶩齊飛，秋水共長天一色」而流芳後世。滕王閣在古代被人們看作是吉祥的風水建築，在我國古代習俗中，人口聚居之地需要風水建築，一般為當地最高標誌性建築，聚集天地之靈氣，吸收日月之精華，俗稱「文筆峯」。滕王閣坐落於贛水之濱，被古人譽為「水筆」，古人云：「求財去萬壽宮，求福去滕王閣。」可見滕王閣在世人心目中佔據的神聖地位。滕王閣也是古代儲藏經史典籍的地方，從某種意義上來說是古代的圖書館。而封建士大夫們迎送和宴請賓客也多喜歡在此。歷朝歷代文人雅士以滕王閣為歌詠主題的詩作數不勝數，其中不乏張九齡、白居易、杜牧、蘇軾、王安石、朱熹、黃庭堅、辛棄疾、李清照、文天祥、湯顯祖這些文學大家。2001 年 1 月，南昌滕王閣被國家旅遊局批准為首批國家 4A 級旅遊景區。

南昌 古稱豫章、洪都，地處江西省中部偏北，贛江、撫河下游，瀕臨鄱陽湖，為江西省省會，全省政治、經濟、文化、科技、交通中心。南昌自然風光秀麗，人文景觀眾多，既是國家歷史文化名城，又是革命英雄城市。主要旅遊景點有滕王閣、八一起義紀念館、八大山人紀念館、繩金塔、海昏侯墓等。

登餘干古縣城

孤城上與白雲齊①，萬古荒涼楚水西。
官舍已空秋草沒②，女牆猶在夜烏啼。
平沙渺渺迷人遠③，落日亭亭向客低。
沙鳥不知陵谷變③，朝來暮去弋陽溪④。

劉長卿

背景

　　此詩作於唐肅宗上元二年（公元 761 年），一生「剛而犯上，兩遭遷謫」的詩人劉長卿歷經第一次貶謫後，從嶺南潘州南巴貶所北歸途經江西饒州餘干縣。一個為官正直不阿而遭誣陷，被棄置於現實政治邊緣的詩人，適逢他鄉登臨一座已遭廢棄的舊縣城，目睹相同境遇下的人與物所引發的心靈震顫與聯想，使詩人登臨送目之時，不免於吊古傷懷。再加上這裏又剛剛經過戰亂，到處可見戰爭創傷，使詩人更加為唐朝國運深憂，故而創作了這首詩。劉長卿在此還作有《餘干旅舍》《負謫後登干越亭作》等詩。

　　古縣城是指唐朝以前的餘干縣城，唐朝時餘干縣治所遷移他處，舊縣城逐漸荒廢。劉長卿這首詩是登臨舊縣城弔古傷今之作，在唐代即傳為名篇。荒廢的古城也因為此詩出名。因詩中「孤城上與白雲齊」，後來也有人稱之為「白雲城」。

旅遊看點

餘干　江西上饒市轄縣，位於江西省東北部。秦始皇二十六年（公元前 221 年）建縣，迄今已有兩千餘年的歷史。餘干風光秀麗，獨特的山水風景和動人的歷史傳說，構成了獨具魅力的水鄉風情。有「古代水上戰場、今日候鳥天堂」之稱的鄱陽湖景區，松海環繞、碧波蕩漾的木溪水庫，顯廬山之秀的東山嶺，兼西湖之美的琵琶湖等名勝景點，令眾多慕名來訪者傾倒陶醉，流連忘返。餘干自古文化昌隆，係唐代大詩人劉長卿、韋莊，宋代大詞人黃庭堅、辛棄疾，宋代理學家朱熹，清代戲劇大師蔣仕銓久居和筆耕之地。東山嶺處在餘干縣城中央，是一座歷史文化積澱厚重的文化名山。東山嶺與歷史上眾多名人結下了不解之緣。此外如施肩吾、羅隱、韋莊、蘇東坡、黃庭堅（曾任餘干主簿）、米芾、姜夔、范成大、王十朋、辛棄疾、梅堯臣、謝疊山、蔣士銓等，都曾到過東山嶺，並留下許多膾炙人口的詩文。

楚水　指信江，是鄱陽湖水系五大河流之一，古名餘水，唐代以流經信州（今江西上饒）而名信河，清代稱信江。信江發源於浙贛兩省交界的懷玉山南的玉山水和武夷山北麓的豐溪，在上饒匯合後始稱信江。信江以上饒和鷹潭為界，分為上游、中游、下游三段。上游沿岸一帶以中低山為主，地形起伏較大。中游為信江盆地，其邊緣地勢由北、東、南三面漸次向中間降低，並向西傾斜。下游為鄱陽湖沖積平原區，地勢平坦開闊。信江流域風光秀麗，名勝古蹟眾多。位於信江上游的三清山和支流白塔河中、下游的龍虎山均為道教聖地。

弋陽　地處江西省東北部，信江中游。自東漢建安十五年（公元 210 年）置縣，至今已有 1800 年。這裏文化積澱深厚，是位列明代戲曲四大聲腔之首，被譽為中國古代戲曲「活化石」，高腔戲曲「鼻

祖」——弋陽腔的誕生地，境內至今還保存有古戲台 50 多座，2006 年弋陽腔被列入全國第一批非物質文化遺產名錄。

上饒 位於贛東北，古稱饒州、信州，自古就有「豫章第一門戶」和「四省通衢」之稱。上饒多名山勝跡，風景點星羅棋佈，早在唐朝就已是聞名遐邇的旅遊勝地。上饒市境內野生動植物資源非常豐富，是「珍稀植物王國，奇禽異獸樂園」。境內擁有俊美秀絕的綠色自然風光，光輝燦爛的紅色革命遺址，豐富多彩的「古」色文化遺存，奇妙壯觀的藍色淡水湖泊。龜峯、三清山、懷玉山、武夷山、葛仙山均為歷史名山，自古人文薈萃，文物雲集，寺觀成羣，更兼風景絕秀；鄱陽湖、三清湖碧波萬頃，綠水繞山，候鳥如雲，「飛時不見雲和日，落時不見灘上草」；中國最美的鄉村婺源是近年來生態旅遊的熱點，素以明清古建築羣、古洞羣、古樹羣、古文化被譽為「四古之鄉」。綠水青山，菜花爛漫，優美的田園風光間以粉牆黛瓦、翹角飛簷的古建築羣和濃郁的鄉風民情，「小橋，流水，人家」恰似一幅幅絕美的山水畫。四季八方遊客蜂擁而至。聞名於世的上饒集中營，是「皖南事變」的產物，見證着中國革命的歷史。

送前上饒嚴明府①攝玉山

家在故林吳楚間②，
冰為溪水玉為山。
更將舊政化鄰邑③，
遙見逋人相逐還。

戴叔倫

❶ 明府：唐代別稱縣令為明府。

❷ 故林：故鄉的樹林。比喻故鄉或家園。

❸ 逋人：逃亡在外的人。

背景

　　三清山下的玉山縣，物華天寶，人傑地靈，更因戴叔倫的「冰為溪水玉為山」詩句對玉山的鍾靈毓秀作了很好的概括和傳誦。冰溪是流經玉山縣城的一條水，玉山則是因懷玉而名，懷玉山又因藏玉而著稱。

旅遊看點

玉山縣　位於江西省東北部，與浙江省開化縣、常山縣相鄰。素以山清水秀著稱江南，唐朝著名詩人戴叔倫給予其「冰為溪水玉為山」的美譽。玉山縣城所在地冰溪鎮，名字來源於此詩中「冰為溪水玉為山」一句。冰溪河穿鎮而過，素有「東方威尼斯」之美譽。玉山旅遊資源得天獨厚、異彩紛呈，在自然風景、人文景觀方面別具一格。主要旅遊景點有三清山、懷玉山、武安山、三清湖、金沙溪、天梁山等。

懷玉山國家森林公園　分為懷玉山、武安山、天梁三大景區。坐落於江西省玉山縣西北 60 公里處，與三清山對峙相望。因「天帝賜玉」而得名。懷玉山是理想的避暑旅遊勝地。「盛夏夜蓋被，立秋桃始熟」是山中氣候的真實寫照。山上有三清朝旭、玉琊擎天、靈巖

飛瀑、輝山夜燭等景點 24 處,有瀑布 20 多處,奇峯怪石百餘處,森林植物 66 科 251 種。這裏有朱熹講學的懷玉書院,也曾是閩浙贛革命根據地的一部分,是方志敏等革命烈士的蒙難之地。還有朱熹手書「蟠龍崗」、趙佑手題「高山流水」等摩崖石刻和「懷玉書院」匾額等人文遺跡。武安山景區林木茂盛,寺廟古蹟掩映其間,主要景點景觀有唐代宰相、著名畫家閻立本墓,佛教禪宗六世祖慧能始創的普寧寺,黃巢練兵場;宋代端明書院、東嶽廟;明代古城牆、文成塔;清代考棚、旌德會館、鴻園、魁星樓等遺址勝跡。天梁風景區稱著的有江南罕見的靈霄天槎、歸墟之門懸壁棧道及長達 5 公里的烏龍洞地下暗河湧泉、江西十大歷史名人 —— 宋端明殿大學士汪應辰幼年讀書遊玩處仰天崖、猴面山、天池、掬翠石、至尊人橋、花轎洞、象依相親、龍涎隱瀑等景觀。

三清山 位於玉山縣境北部,因玉京、玉虛、玉華三峯宛如道教玉清、上清、太清三位尊神列坐山巔而得名。其中玉京峯為最高,海拔 1819.9 米,是江西第五高峯和懷玉山脈的最高峯。「奇峯怪石、古樹名花、流泉飛瀑、雲海霧濤」並稱三清山自然四絕。不同成因的花崗巖微地貌密集分佈,展示了世界上已知花崗巖地貌中分佈最密集、形態最多樣的峯林。三清山既是絕妙的自然景觀,又是古樸人文景觀的遊覽勝地,是我國道教的發源地之一。三清山的道教文化「開山始祖」是晉代的葛洪。據史書記載,東晉升平年間(公元 357～361 年),煉丹術士、著名醫學家葛洪與李尚書上三清山結廬煉丹,著書立說,宣揚道教教義,鼓吹「人能成仙」,至今山上還留有葛洪所掘的丹井和煉丹爐的遺跡。1600 餘年的道教歷史孕育了豐厚的道教文化內涵,按八卦佈局的三清宮古建築羣,被國務院文物考證專家組評價為「中國古代道教建築的露天博物館」。

獻歲送李十兄赴黔中酒後絕句

一樽歲酒且留歡❶，
三峽黔江去路難。
志士感恩無遠近，
異時應戴惠文冠❷。

權德輿

注釋

❶ 樽：酒杯。

❷ 惠文冠：冠名，古代武官所戴的冠。

背景

　　權德輿（公元 759～818 年），字載之，天水略陽（今甘肅秦安東北）人，後徙潤州丹徒（今江蘇鎮江）。中唐時期文學家、宰相。其父權皋，曾為安祿山的幕僚，「安史之亂」爆發前，他當機立斷，以逃離叛逆的義勇行為而受到時人的稱讚。權德輿就出生在這樣祖德清明、家風雅正的仕宦家庭。他少有才氣，未冠時即以文章揚名。唐德宗聞其才，召為太常博士，後歷駕部員外郎、司勛郎中、中書舍人。唐憲宗元和（公元 806～820 年）初年，歷兵部、吏部侍郎。元和五年（公元 810 年），任禮部侍郎、同中書門下平章事（即宰相），參與朝政。晚年任山南西道節度使。權德輿仕宦顯達，並以文章著稱，為中唐的重要作家。於貞元、元和間執掌文柄，名重一時。劉禹錫、柳宗元等皆投其門下。

　　權德輿秉性耿直，辦事光明正大。有一次，運糧使董溪、于皋謨盜用軍費，案發後，被流放嶺南。憲宗感到量刑太輕，很後悔，又暗暗派宦官趕去將兩人殺死於流放途中。權德輿就立即上疏說，依據這兩人的罪名，本當公開處死的，但既然已經宣判了流放，就應當遵照執行，如今卻又暗暗地將他們處死，這是名不正、言不順，有損朝廷信譽。這足見他為人之耿直。

黔江 　即今烏江，唐時設立黔中道，故唐宋又稱黔江。發源於貴州省境內威寧縣香爐山花魚洞，長江上游右岸支流，流經黔北及渝東南酉陽彭水，在重慶市涪陵注入長江，為貴州省第一大河。烏江水系呈羽狀分佈，流域地勢西南高、東北低，由於地勢高差大、切割強，自然景觀垂直變化明顯。以流急、灘多、谷狹而聞名於世，號稱「天險」。烏江沿岸的土家族大都居住在山坡陡嶺之地，由於這種地勢關係，住房多採用吊腳樓形式，是土家族地區具有特色的建築之一。

貴州 　地處中國西南腹地，與重慶、四川、湖南、雲南、廣西接壤，地貌分為高原、山地、丘陵和盆地四種基本類型，高原山地居多，素有「八山一水一分田」之說，是全國唯一沒有平原支撐的省份。貴州是迷人的「天然公園」。境內自然風光神奇秀美，山水景色千姿百態，溶洞景觀絢麗多彩，野生動物奇妙無窮，文化和革命遺跡聞名遐邇；山、水、洞、林、石交相輝映，渾然一體。聞名世界的黃果樹瀑布、龍宮、赤水、織金洞、馬嶺河峽谷等國家級風景名勝區和銅仁梵淨山，茂蘭喀斯特森林、赤水桫欏國家級自然保護區、威寧草海等國家級自然保護區，猶如一串串璀璨的寶石，五光十色，令人目不暇接、流連忘返。荔波喀斯特水上森林和赤水丹霞被列入世界自然遺產名錄。以遵義會址和紅軍四渡赤水遺跡為代表的舉世聞名的紅軍長征文化，更讓人駐足憑弔、追思緬懷。現有國家 5A 級旅遊景區五處，分別是貴陽市花溪青巖古鎮景區、黔南州荔波樟江景區、畢節市百里杜鵑景區、安順市龍宮景區、安順市黃果樹大瀑布景區。

聞王昌齡左遷龍標遙有此寄

楊花落盡子規啼，
聞道龍標過五溪。
我寄愁心與明月，
隨風直到夜郎西。

李白

注釋

❶ 子規：即杜鵑鳥，又稱布穀鳥，相傳其啼聲哀婉淒切，甚至啼血。

❷ 龍標：地名，現湖南懷化洪江市。

背景

　　此詩一說約作於唐玄宗天寶八載（公元 749 年），一說約作於唐玄宗天寶十二載（公元 753 年）。當時王昌齡從江寧丞被貶為龍標縣（今湖南懷化洪江）尉，李白在揚州聽到好友被貶後寫下了這首詩，表達了對王昌齡懷才不遇的惋惜與同情之意。

　　開元二十八年（公元 740 年），王昌齡遊襄陽，訪孟浩然。適浩然患疽病，快痊癒了，兩人見面後非常高興，孟浩然由於吃了些許海鮮而癰疽復發，竟因此而死。與孟浩然一見，竟成永訣。王昌齡聞訊一路上很悲傷，沒有想到在巴陵意外地遇見李白，他們一見如故，在江邊的小船上，邊泛舟邊飲酒，暢談文壇裏的交往故事，分手後李白對王昌齡的友情念念不忘。天寶年間，王昌齡被貶為龍標縣尉。被貶原因據《舊唐書》說是「不護細行，屢見貶斥」。《詹才子傳》說他「晚途不謹小節，謗議沸騰，兩竄遐荒」。由此可見被貶並不是因為甚麼大事，而是生活小節。王昌齡曾用「一片冰心在玉壺」來表達自己的無辜。李白聽到消息後特地寫詩寄送，予以安慰。

旅遊看點

夜郎 夜郎是我國在西南地區由少數民族先民建立的第一個國家。夜郎古國地址所在地，學術界一直有爭議，其中公認的爭議地址有兩處：一是湖南省懷化市沅陵，《唐人七絕詩釋》一書為這首詩注解時特別說明：「此夜郎在今湖南省沅陵縣。」還有一種說法是唐朝夜郎縣城遺址，位於現貴州省遵義市桐梓縣城北 48 公里的夜郎鎮。唐貞觀十六年（公元 642 年）置夜郎縣於此，北宋宣和二年（公元 1120 年）廢，夜郎縣前後存在 478 年。在貴州鎮寧江龍鎮的大幹丈高山上，現存一座有三道圍牆，佔地約 10 平方公里的古城遺址，極有可能就是夜郎國都，夜郎王很可能在這裏生活過。《史記·西南夷列傳》稱：「西南夷君長以什數，夜郎最大。」這表明夜郎確實是當年中國西南最大的國家。夜郎王為了擴展地域，先後在雲南、四川、貴州等地區多處建立城池，所以夜郎古國首邑所在地有分歧也就順理成章。夜郎之所以出名和成語「夜郎自大」有着密切的關係，這句成語出自《史記·西南夷列傳》，說的是公元前 122 年，漢武帝為尋找通往身毒（今印度）的通道，曾遣使者到達今雲南的滇國。其間，滇王問漢使：「漢與我誰大？」後來漢使途經夜郎，夜郎國君也提出同樣的問題。因而世人便以此喻指狂妄無知、自負自大的人。現貴州夜郎城址位於貴州省遵義市的夜郎壩，夜郎壩是個山巒四圍的小盆地，盆地西面山坡台地上有條小街，住着 100 多戶人家，人稱夜郎壩場。歷史上以夜郎為名的郡、縣有 8 個以上，而建於唐貞觀十六年（公元 642 年）的這座夜郎縣，卻是最後一個，存在的時間達幾百年，是現行中國地圖上唯一以「夜郎」命名的地方，也是唐代夜郎縣城的遺址。主要景觀有太白住宅、太白書院、太白泉等。其周邊還有遵義會議舊址等景點。

五溪　一說是雄溪、滿溪、潕溪、酉溪、辰溪的總稱，在今貴州東部湖南西部。另一說指湖南省懷化市。其境內重要的支流有酉水、辰水、潕水、舞水和渠水，古稱「五溪」，因此懷化自古便稱「五溪之地」。東漢至宋時，將分佈於今湘西及黔、渝、鄂三省市交界地沅水上游的若干少數民族稱為「五溪蠻」。

主　編　　李金早

責任編輯　　楊　歌

裝幀設計　　綠色人

排　版　　沈崇熙

印　務　　劉漢舉　賴艷萍

唐詩中的旅遊（下）

出版

中華教育

香港北角英皇道 499 號北角工業大廈 1 樓 B

電話：(852)2137 2338　傳真：(852)2713 8202

電子郵件：info@chunghwabook.com.hk

網址：http://www.chunghwabook.com.hk

發行

香港聯合書刊物流有限公司

香港新界大埔汀麗路 36 號

中華商務印刷大廈 3 字樓

電話：(852)2150 2100　傳真：(852)2407 3062

電子郵件：info@suplogistics.com.hk

印刷

美雅印刷製本有限公司

香港觀塘榮業街 6 號

海濱工業大廈 4 字樓 A 室

版次

2019 年 2 月第 1 版第 1 次印刷

©2019 中華教育

規格

16 開（230mm × 150mm）

ISBN

978-988-8571-79-6